在最悲伤的
悲しみの
时刻,
底で
猫咪教会我
猫が教えてくれた
最重要的事
大切なこと

[日] 泷森古都 / 著

子狐 / 译

重庆出版集团 重庆出版社

版贸核渝字（2015）第294号
悲しみの底で猫が教えてくれた大切なこと
Copyright ©2015 瀧森古都
Original Japanese edition published by SB Creative Corp.
Chinese simplified character translation rights arranged with
SB Creative Corp.
Through Shinwon Agency Beijing Representative Office, Beijing.
Chinese simplified character translation rights ©2019 Chongqing
Publishing House.,Ltd

图书在版编目（CIP）数据

在最悲伤的时刻，猫咪教会我最重要的事 /（日）泷森古都著；子狐译. -- 重庆：重庆出版社，2019.12
ISBN 978-7-229-14505-7

Ⅰ. ①在… Ⅱ. ①泷… ②子… Ⅲ. ①长篇小说－日本－现代 Ⅳ. ①I313.45

中国版本图书馆CIP数据核字（2019）第223986号

在最悲伤的时刻，猫咪教会我最重要的事
ZAI ZUI BEISHANG DE SHIKE,
MAOMI JIAOHUI WO ZUIZHONGYAO DE SHI
[日] 泷森古都　著　子狐　译

责任编辑：李　梅
责任校对：杨　婧
装帧设计：九一设计

重庆出版集团
重庆出版社　出版
重庆市南岸区南滨路162号1幢　邮政编码：400061　http://www.cqph.com
重庆升光电力印务有限公司印刷
重庆出版集团图书发行有限公司发行
E-MAIL:fxchu@cqph.com　邮购电话：023-61520646
全国新华书店经销

开本：889 mm×1194 mm　1/32　印张：7　字数：150千
2020年3月第1版　2020年3月第1次印刷
ISBN 978-7-229-14505-7
定价：38.00元

如有印装质量问题，请向本集团图书发行有限公司调换：023-61520678

版权所有　侵权必究

我，为何出生在这世间呢？
我，又为何活在这世间呢？

答案，一定无法找到。
永远也无法找到。

因为，我并不想出生在这世间。
一直在悲伤的深渊中无助彷徨的我
原本对此深信不疑。

直到那一天，与那只猫相遇之后……

目录
CONTENTS

第一话　无法鸣叫的猫　　1
第二话　羁绊的碎片　　55
第三话　透明的起跑线　　101
最终话　奇迹的红线　　146
后　记　　215

第一话　无法鸣叫的猫

那是四月樱花飞舞的一个午后。

我一边抽着香烟，一边从窗边眺望着两旁的樱树……听起来似乎很惬意，但是这里不是大都市也不是高级公寓，只是乡下某个弹珠店的休息室罢了。这看起来是个似乎随时会倒闭的老店，不过靠着不少打发闲暇的熟客，生意也一直维持下来了。

就在这时，店里的一位熟客在窗外叫着我的名字。

"小五郎，你在吧？咪咪的食物放在这里了。待会儿记得喂哟！现在咪咪不在的样子呢。"

这个响彻了二楼休息室的声音，几乎天天都能听到。

这位刚过花甲之年的老妇人，在镇上经营着一个五金店，她每天都会过来给在弹珠店里安家的野猫喂食。

我慢悠悠地灭掉香烟的火星，朝老妇人走过去。

"弓子小姐……不要给野猫喂食，不是说过很多遍了吗？"

"不要这么冷淡嘛。说起来小五郎，这个笔记本能不能也在这里放一下？"

"笔记本？"

在我还没有回答之前，弓子就将猫的罐头和一个笔记本径自放在了店里的椅子上，随后就骑上自行车离开了。自行车似乎很久没有上油了，被弓子的体重压着，发出了悲鸣一般嘎吱嘎吱的声音。

我靠着椅子坐下来，又点上了香烟。

以一般社会常识而言，在店里抽烟的店员肯定要被开除的。不过在这种乡下小镇上，客人和店员就像亲朋好友一样融洽相处，所以迄今为止，虽然我的工作态度不怎么样，也没怎么被老板训斥过，也很少被客人们抱怨。只是偶尔会被念叨："啊，这小子又在偷懒了。"就这样睁一只眼闭一只眼地过去了。

我觉得这样大家都挺舒坦的，所以每天都过着毫无紧张感的日子——这样的日子我已经混了三年。在这之前，我一直过着身心疲惫、无法喘息的生活，关于那段人生我现在并不想回顾。暂且不谈那些，我将口中的烟雾用力地吐出来，拿起弓子小姐留下来的笔记本，顺手翻了起来。

笔记本里面贴着弓子小姐照顾的野猫野狗的照片，还详细记录了这些动物是怎么捡到的，有什么样的特征。

最后写着"想和这些孩子成为家人的人，请和我联系"，还认真留下了家里的电话号码。

这个东西，就是所谓的"寻亲笔记"吧。

有了这个，就能找到那些愿意养领养动物的人吗……有精力做这样的玩意，还是真是很闲呢……

而且，竟然还有一页特别注明着："任何有关动物的问题，都可以前来咨询。"

我合上了这本看着就想叹气的笔记本，这时野猫咪咪一边发出"喵呜"的叫声，一边绕到我的脚边来。

看到它，我差点就脱口而出"你回来了"。我有些不好意思，打开弓子小姐留下的罐头，开始给它喂食。

那个时候，包括放下笔记本的弓子小姐在内，谁都没有料想到，这样一本笔记本，竟然在之后引出了一连串的问题和纠纷。

回去工作时，店里不知道为什么突然喧哗起来。

平时就像地藏一样纹丝不动地坐着的客人们，此时却纷纷站起来，朝着老虎机的区域张望过去。随后，从大家注目的地方传出了震耳欲聋的怒吼声。

"你这只偷腥的猫！竟然对别人的硬币动手动脚，真是个垃圾！"

像打雷一样吼叫着气势汹汹发怒的男人，是"镇上首富"的房产公司的社长，今年五十出头，名叫门仓。

据说他继承了祖辈的大笔遗产，背地里大家又叫他"浪荡社长"。

不用辛苦流汗，每天就在弹珠店玩老虎机的门仓，是个很有福气的男人。而且他的运气还尤其的好。

对于我这种整天混日子的人来说，门仓就是含着金汤匙出生的人，他的公司管理着很多土地和公寓，经营规模还在年年扩大。

这个好运男门仓，今天也在老虎机上连中了几次大奖，椅子下有好几箱堆得满满当当的硬币。

"干吗啊，就分我一箱又有什么关系嘛，小气社长。"

一边委屈地嘟囔着，一边把偷来的钱箱扔回地上的男人，是一名二十岁出头的无业游民。他名叫宏梦，比我小四五岁，性格吊儿郎当的，总是跟着弓子一起叫我"小五郎"。最近他开始在"万事屋[1]"实习，因为这种小镇上不会有多少劈腿调查的工作，所以就跑来这种人多的地方晃荡。不过，最终还是无所事事花光了钱，跑来偷别人的硬币了。

偷窃的确是令人不齿的行为，不过既然门仓这么有钱，分一箱给他也无所谓吧……身为店员的我也不由得这么想着。

虽然只是心里的想法，但我却一不小心说漏了嘴，结果门仓恨恨地朝我瞪过来，然后静静地酝酿怒气。

"喂，那边的店员，是叫五郎吧。你刚才什么意思？"

"什么意思……不不，我没什么意思……"

"你就是用这种轻蔑的态度看待客人的吗？"

"不是的，我真不是这个意思……"

"你也想要钱吧？想要就说啊。如果你让我觉得'啊，这家伙值得我掏钱'的话，我当然可以拿给你。但是，像你这种在快倒闭的弹珠店里无所事事只会发呆的人，就算拿到钱也马上会花光的

---
[1] 万事屋：日本特有的，为提供酬金的顾客解决各种杂事的私人公司。

吧？钱不会想到你那里去的。"

虽然，我也许是每天无所事事地在店里发呆，但是被外人说得这么直白还是头一次。而且居然说什么钱不想到我这里来，钱还有想来不想来的说法？

虽然我只是在心里发着牢骚，但门仓却好像看透了我的想法似的，眼神变得犀利起来，然后静静地说了一句话。

"你这个人……到底为了什么而活着？"

我一下子答不上来，只能懊恼地沉默着。

门仓默默地转过身走向宏梦，目光直直地盯着他，然后这样说道：

"喂，万事屋的小子，我来告诉你一件事。凭自己的意志赚来的钱跟恶意偷来的钱完全不一样。不过跟目光短浅的家伙说这些，也没什么用吧。"

说完之后，门仓就唤来其他店员，把椅子下的硬币箱子搬到收银台去了。

这天晚上，我走在回家路上，又想起门仓说的那句话。

"到底为了什么而活着"，我也想知道啊。又不是我自己想来到这个世上的，当然，也不是说我就不想活了。

虽然我这个人又没钱又没有梦想，但是我也没有给任何人添过麻烦，被一个陌生人说得这么难听，我真的是火大得很。不过，我生气的对象也许不是门仓，而是我自己吧。对于自己完全没有意义的人生，我感到十分的愤慨。

说起来，门仓说愿意给我钱，这是当真的吗？

不不，因为一点硬币就大发脾气的人，怎么会有"这家伙值得我掏钱"的时候呢。

就算他真打算这么做，我也不想从这么傲慢的人手里拿到一分钱。

就算是打算偷窃他硬币的宏梦，也应该跟我有同样的想法吧。

*

在万事屋开始实习，已经过去三个月了。

据说真正出帅需要花上半年的时间，不过只要熬过去了，月收百万都不是梦。

我非常怀疑在这种小镇能不能赚到这么多钱，不过只有这里会雇用我这样吊儿郎当的人了。

虽说要花不少的时间，但我一直以来的梦想就是成为别人口中的"成功人士"。这样我就能争口气，让抛弃我的母亲对我另眼相看了。

我的母亲，跟男人搞婚外恋，未婚怀孕生下了我，还虐待过我，最终把我扔到了儿童福利院。

在我两三岁时，她狠狠地打过我的脸，我对这件事至今记忆犹新。那时的感觉与其说是痛，不如说是热……虽然我只记得那一次，不过她肯定经常打我。

被打的记忆虽然很深刻，不过我还保留着更加珍贵的记忆，那就是曾有一次，被母亲紧紧拥抱过的记忆。其实脸上的痛感，随着岁月的流失渐渐就淡忘了，但是被拥抱时感受到的那份温暖，我这辈子都不会忘记。

我不记得母亲的长相，也不知道母亲的姓名，但是我依然记得被她拥抱时，她的身体是那么的温暖，那么的柔软，还散发着一种无法名状的香味。

说不定那个拥抱，是在我被送去儿童福利院那天发生的事。那是我对母亲最后的记忆，所以我下意识牢牢记住了这个场景……

在上小学之前，我的梦里还会出现母亲拥抱我的场景，不过在那之后，我的梦就变成对母亲的报复了。因为她让我在三四岁的年纪，就不得不过上孤身一人的生活。

因为我很讨厌读书，所以从未想过考高中，十五岁就从福利院跑了出来，开始了鸡鸣狗盗的生活，对于偷钱这种事，根本没有任何负罪感。

不过福利院里也有认真过日子的家伙。有像我一样连父母长什么样都不知道，却还是勤勤恳恳努力读书的家伙。

总而言之，偷偷摸摸的总不能过一辈子，所以我什么都做，只要能赚钱就行。赚钱、攒钱，然后以钱生钱，这样我就能成为成功人士了。

话虽如此，因为以前养成的陋习，我一时手痒还是去偷了常在弹珠店打游戏的那位社长的硬币。人啊，真是狗改不了吃屎。

不过，那位社长居然说什么——"凭自己的意志赚来的钱跟满怀恶意偷来的钱完全不一样"，这句话到底是什么意思？无论是被偷了，还是给别人了，钱的数量都会减少不是吗？

他还说，如果我老老实实说想要就会给我，这是真的吗？

就在我纠结不已的时候，突然接到万事屋老板打来的电话。

原来有个案子需要我一个人去处理。

如果我一个人成功解决的话,那报酬也全算在我的头上。

我才开始实习三个月,有什么案子会安排我一个人去解决呢?

不是我得意忘形,我顿时有了一种迈出成功人士第一步的感觉。

几天后。

今天,弹珠店内的气氛,不知怎么的与平日里有些不同。

我往椅子上一坐,正想来根香烟,这才察觉到哪里不对。

在我黑色制服裤臀部的地方,沾上了白色的油漆。

原来不同往常的地方,就是那张老旧的椅子重新涂上了白色油漆。

"就不能贴一张'油漆未干'的纸条吗……"

趁熟客们嘲笑之前我赶紧去了更衣室,走到中途,发现餐饮桌上放着那本"寻亲笔记"。

这应该是前几天,熟客弓子小姐放在这里的。

然后在笔记本的封面,赫然印着几个白油漆的小手印。

恐怕有人和我一样,打算去坐椅子结果遇到同样的灾难了。

不过这分明就是小孩子的手印。是哪位熟客带来的孩子吗？最近弹珠店对未成年人的检查越来越严了，所以几乎都不会出现小孩子了……

我一时忘了去更衣室的事，翻开了这本留下着小手印的笔记本。我一页一页地看着内容，弃猫的情报比前几天增加了，然后我注意到了一段奇怪的留言。

这个留言，突兀地写在白色页面的正中间。

"猫咪，几天不吃饭会死呢？"

这个字，就像刚学写字的人写的一样，字迹十分的生硬。

这是那个留下手印的孩子，一笔一画地写出来的吧。

我觉得这事应该跟我没什么关系，就合上笔记本继续朝更衣室走去。就在这时，裤子口袋里的手机响了起来。

我从口袋里掏出来还沾着油漆的手机一看，原来是万事屋的实习生宏梦打来的电话。

以前和店里的熟客去附近的居酒屋时，我和宏梦交换了电话号码，偶尔彼此间还会打打电话。

我马上就想起几天前发生的事。难道因为宏梦偷门仓硬币那件事，又惹出了什么新麻烦吗？

但是电话里说的事，却跟我预想的完全不一样。

"喂，小五郎，快来救我……"

宏梦的声音听起来快哭出来了，好像被卷入了什么可怕的事件中，十分胆怯的样子。我连裤子都来不及换，就慌慌张张地朝宏梦说的地方跑了过去。

宏梦所说的地方，是离我工作的弹珠店只有五百米、建筑年龄超过三十年的一栋旧公寓，而因吓破胆不敢动弹的宏梦就在其中一间屋子里。

在二楼最里面的二〇五室中，宏梦正蹲在玄关的前方右侧，眼巴巴地等着我。

他像害怕的孩子一样，小声地嚷道："小五郎，我终于等到你了！"对着这样的宏梦，我只好耐心地一句一句地发问。

"这里，是你家？"

"不……这是客人的家。"宏梦摇着头指着壁柜的方向对我说，"小五郎，你去看看，那里面。"

"你是发现尸体了吗？"我开玩笑地拍了拍宏梦的肩头，然后一边擦着头上的冷汗，一边向壁柜的拉门伸出手去。

拉门被拉到了1/3的地方，由于潮湿而变得有些扭曲，我双手一起用上了劲，哐当一声将拉门全部拉开了。

拉开之后，在壁橱下面柜子的最里面，有一个纹丝不动的灰色物体。

"喂，小五郎……那是……猫吧？"

我用手机的亮光照了一下，果然如宏梦所说，似乎就是一只体形较大的猫。

是一只灰色的长毛猫，似乎是混入了波斯猫的血统。

不过它没有动弹的迹象，只是垂着头闭着眼，缩成一个球的形状蹲在那里。

"宏梦……这只猫，跟你的工作有关系吗？"

"啊，被你猜中了。我的工作就是把这家伙交给搞动物交易的工作者。"

"交给……工作者？"

"是啊，如果能顺利完成任务，我就能从老板那里拿到三万元呢。"

"三万元？只是一只猫而已？而且是一只不知道死活的猫。"

"没错……这里的住户好像已经把报酬汇过来了。所以只要把猫放进箱子里交过去就行了。"

随后，宏梦又陆陆续续地道出了原委。

"我……很怕猫。"

"怕猫？"

"不知道为什么，我就是很怕猫……"

"那你为什么要接这个工作啊？"

"这是我在万事屋实习以来，接到的第一份单人工作啊……我真的很努力地在做了。啊啊，一想到终于可以赚钱了，就觉得已经迈出了重要的一步。这种事，只要我想做也是能做到的嘛，我终于可以扬眉吐气地对母亲说'你给我好好看着'了。喂，小五郎应该明白我的心情吧？一定要让抛弃我的母亲后悔，这是对她的报复，这种心情小五郎一定明白的吧？"

我与宏梦的生长环境和性格都截然不同。但是我们有一个的共同点。

那就是我们都是被母亲遗弃的孩子。

也许因为有这个缘由，我和宏梦之间的关系，比起普通的"熟客与店员"，更加类似兄弟之间的感觉吧。也因为这样，宏梦虽然小我五岁，但是被他叫作"小五郎"我也不怎么介意。

就在我沉浸于苦涩回忆的时候，宏梦把箱子搁在我前面。

"小五郎，你在店里养着野猫吧？所以你不怕猫吧？这家伙，你把它从柜子里弄出来行吗？"

"嗯？"

"求你了！小五郎，你可是帮了我大忙啊……不，是帮了猫的大忙啊，我真的是求你了！"

说完这句话，宏梦就像参拜神佛一样对我合掌作揖。

我再次打量了屋内一遍，没有什么奇怪的东西，大型家具和电视都贴上了"用做抵押"的纸条，明显没有人居住的痕迹。

"宏梦，难道这是所谓的……连夜逃跑？"

"是啊，老板是这么告诉我的。"

"居然扔下活生生的宠物就这么跑了，这也太粗心大意了。不过看这个情况,似乎扔在这里不是一天两天的事了吧。"

"……"

"这是把猫当作'物体'处理了吗?"

虽然我不是喜欢说大话的人,但是毫不在意地扔下在狭窄壁橱里缩成一团的猫——这种事我绝对做不出来。如果这只猫已经死了,我们再坐视不管的话,那尸体就会在这里腐烂发臭。

如果死了的话,就让它尘归尘土归土吧,想到这里,我鼓起勇气把手伸进抽屉,轻轻地抱起了卷成一团的猫。

"还是热的呢……"

这只猫因为毛比较长,所以看起来身型比较大,但是因为一直没有进食的缘故,所以其实非常轻,大概只有 2 公斤的样子。

这只瘦得可怜的猫,在被我抱起来之后,慢慢睁开了眼睛。

光线的刺激让它眯了眯眼睛,但它还是在我手中稳稳地抬起了头。

"小五郎……这只猫,还活着吗?"

"啊，还活着呢……好好地活着呢。"

幸好现在不是寒冬时节，不过它已经好几天不吃不喝了。怕猫的宏梦，也战战兢兢地靠过来，窥视着猫的脸。

"这家伙，长得蛮可爱的嘛。"
"嗯，是啊。宏梦，你来摸摸看。"
"它不会抓我吧？"
"它这么衰弱，怎么有力气抓你呢。"

宏梦小心翼翼地摸了一下它毛茸茸的头。
"好软啊……"
结果他就放开了胆子，轻轻地摸来摸去。随后他注意到一件事。
"这只猫，完全不会叫啊。一般的猫，这样被摸的话不是会叫吗？"
被他这么一说我也注意到了。像店里的野猫咪咪，被弓子抚摸就会发出撒娇一样的叫声。然而这只猫，从抽屉里被抱出来的时候也没有叫过一声。

"是不是肚子太饿了，叫不出来啊……"宏梦这样说道。

他说的也有些道理，但我觉得可能是嗓子叫哑了才发不出声音。

不，这只猫并不是不能叫了，它只是不想叫了。

它已经放弃了叫唤。

主人抛弃了它独自离开了，无论它在这里等多久，都等不到主人的出现，在这一天天的等待中，它终于意识到了"自己被遗弃"的这个现实。

就算太阳升起，希望之光也无法照进抽屉，在这种环境下，它就只能这样屏住气息，静静地等候着生命的结束。

我对这只猫抱着一种亲近感。因为在我很小的时候，也和这只猫一样，每天在家里等着，希望扔下我和父亲跑掉的母亲能够再次回来。这只猫也一定是在等着，等着主人那双温暖的手再次抱起自己。

随后，宏梦在已经乱七八糟的厨房的一个角落里，发现了一罐猫食。我们立刻打开罐头，为了让猫吃起来更方便，就撒了一点点在地上。灰色的大猫虽然很虚弱，但是还是一点一点地吃起了猫食。

看着它吃东西的样子，我脑中突然浮现了一个疑问。动物交易的工作者，为什么需要这么一只虚弱的猫？得到这只猫之后，他们究竟要拿来做什么呢？

思考着这个问题的时候，我突然想起了一件事。

"猫咪，几天不吃饭会死呢？"

弓子放在店里的笔记本上写的这个奇妙问题，是不是也跟某只被扔掉的猫有关系。不，难道就是……

"怎么了？小五郎？"

"宏梦，连夜跑路的人有孩子吗？"

"这个……我们店是不会帮人跑路的，具体的我也没问过。"

我重新审视着这间屋子。如果饲主和孩子一起在这里生活过，那个孩子就很有可能在笔记本上写这个问题。

因为父母的原因抛弃了家里的宠物，那个孩子现在非常担心它的情况，所以才在笔记本上写上自己的问题吧。弓子在笔记本上写着"任何有关动物的问题，都可以前来咨询"，说不定这个孩子的想法是，如果在笔记本里写上问题，就能帮助到被抛弃的那只猫了。

将屋子环视一圈之后，结论是这是一间所剩无几的空屋，只有无法搬运的大型家具和电视机，还有几个倒在地上的垃圾箱……

不过，我在垃圾箱里发现了一张折叠过的纸。我赶紧将这张纸掏了出来。

"这个是……"

我把折叠的纸打开，纸上画的居然就是这只被遗弃的猫。

虽然只是小孩子幼稚的涂鸦，但是那柔软的长毛和下巴的部分白毛，都非常细致地画了出来。

在猫的一旁，还写着像漫画台词一样的"喵喵"的字样。由此可见，不久前这只猫还跟普通的猫一样，是可以发出叫声的。

而且，画中的猫还戴着项圈，项圈上刻着"小月"两个字。

这应该是这只猫的名字吧。虽然不清楚项圈是被饲主取下来的，还是被它自己挣脱的，总之，住在这里的孩子应该非常喜欢这只猫。

"宏梦，等等。"

"咦！小五郎，你要去哪里？"

"我很快就回来，如果工作人员来了，你千万不要把猫交出去！"

看着猫低头吃着猫粮的模样，我突然灵光一闪，想翻出笔记本再次确认一下。

说不定笔记本上还写着其他东西，说不定写字的孩子就在附近。

无论如何，他一定是因为担心猫才回来的。走在路上的他，看到弹珠店前的咪咪，便上前去摸了摸它，然后发现了这本笔记本，就在上面写上了求助的信息……这样的猜想在我脑海中渐渐清晰起来。

裤子沾着白色油漆这件事被我彻底抛在了脑后，我使足了劲儿朝着店里飞奔过去。

*

连夜从家里逃出来之后，已经过了两周了。

通过糕点店客人的介绍，我找到了专接这种工作的公司。他们接受委托之后，从何时开始行动到最后的去处都一一帮我安排妥当，事情进展得很顺利，我的人生终于可以重新开始……当然我也很清楚，这种情况下就算重新开始也算不上什么好事……

以前我为一个朋友做了担保人，但是因为这个朋友的背叛，让我背负上了工作到死都还不清的债务，绝望的我甚至想过要跟儿子一起自杀。

那个时候，平时经常听我诉苦的客人这样劝道："与其丢掉性命，不如丢掉过去吧？"他甚至还帮我介绍了可以帮忙跑路的专业人员。

虽然只有一点点，但是他让我看到了希望之光，我的内心激荡起来。

可以活下去……可以和孩子一起活下去……

让我做担保人的那个朋友，她不仅在金钱上背叛了我，甚至还夺走了我的丈夫。我从未想过她跟我丈夫会有这种关系，我只是想减轻她的困难，做了她的担保人。也许我做担保人时，他们还不是那种关系。但是金融公司的人告诉我，他们两人消失之前，突然又增加了五百万元的借款。这恐怕是他们为了应付新生活的开销，又添加上去的钱吧。他们给我留下了大笔债务之后，就这样双双从我眼前消失了……

一边要偿还巨额的债务，一边还要抚养一个孩子……在地狱般的现实面前，我已经完全找不到"活下去的意义"。

丈夫和朋友消失后，已经过去两个月了，债务的偿还变得越来越吃力，光是白天的工作已经无法支撑了，我只好在孩子睡觉时又抽出几个小时来做点心。

就算如此，无论怎么辛苦赚钱，利息也是还不完的。这样的日子一天天过去，压力过大的我终于开始考虑和儿子一起自杀。

所以，客人的这句"与其丢掉性命，不如丢掉过去吧？"深深震撼了我的心灵。没错，只要全部舍弃就好了……只要我从头再来，和儿子一起活下去就好了。

只是现在的住所不准饲养宠物，所以不得不扔下家里那只名叫"小月"的猫。这件事让我的心里非常不好受，但是为了保护孩子，我还是毅然决然地做出了这个决定，取下了它的项圈，把它留在老房子里。

我觉得那孩子就算跑到野外去生活，也一定很快就能找到饲主的。因为它长得非常的可爱，性格也非常沉稳，最重要的是它是一只有血统证明的波斯猫。

这种时候，如果戴着项圈会就被认为是家养的，说不定就会错过被收养的机会。考虑到这一点，我取下了它的项圈，与它做了最后的告别。

现在回想起来很多事情，我发现自己似乎一直都是一个很虚荣的女人。

不管是项链也好，养猫也好，一定要选高级的品牌。丈夫是一个公寓的清洁工，我也只是一个超市的时段工，我们居住的地方是一个租借的狭小公寓。虽然过着紧巴巴的日子，但是为了不让儿子被人看不起，我特意让他穿上一流品牌的衣服，用来满足我的虚荣心。

学校参观教学时一定要穿高级的西装，博客放照片时会拍没有背景的波斯猫，我都这么尽心尽力了，丈夫居然还要背叛我……我绝对不会原谅他。

如果我不是故作虚荣，而是真的很有钱的话，就不会有这样痛苦的回忆了吧。也不会被丈夫和朋友背叛，也不会让孩子过上这么悲惨的生活……

我一边胡思乱想，一边收拾着东西，准备出发去新的打工店。

就在此时，帮忙跑路的人打来了电话，说有人打算高价买下我那只血统高贵的猫。

已经过了两周了，那只猫也不知道是死是活，如果它还活着，还留在那个屋子里，我肯定愿意拿它换钱。哪怕一元钱也好，因为我实在是太缺钱了。

帮忙跑路的人说，对方打算用二十万元来买下这只猫。

去宠物店买只新的不是更好吗？虽然觉得有些奇怪，不过有钱人的想法都很难理解，所以我就没有过多考虑下去了。

我马上动身去找了镇上的万事屋，拜托他们把家里的猫带过来。因为已经收下了二十万元，所以我非常希望它活得好好的。

后来，帮忙跑路的人又劝我，可以把卖猫的钱当作首付去买一辆车。

他说如果现在的住处被债主发现了，有车的话跑起来也会方便很多。今天的傍晚，他还会介绍一家卖二手车的给我认识，那家的客户都是我这样的人，所以车辆购买的手续和价格都好商量。

我一定要从头来过。一定要从这个艰难的人生中逃离出来。我不会再相信什么爱情和友情了。

只要有了钱，儿子就不会再过这种悲惨的日子。

能让我们母子过上幸福生活的,只有钱。

*

在抽屉里这只名叫"小月"的猫,以前一定过着被疼爱的生活。看到那幅画,无论多么迟钝的人,都能感受到其中包含的深情。动物交易的人接手这只猫之后,是要用它做品种猫的繁殖吗?

无论如何,一定要告诉那个孩子这只猫还活着的事,就是在笔记本上写上"猫咪,几天不吃饭会死呢?"的那个孩子。

现在去的话还来得及,如果自己扔下的猫就这样死了的话,这辈子都会对这件事心怀愧疚的。虽然有点夸张,但是心灵上的伤痕真的很难消失。眼睁睁地遗弃自己饲养的宠物,这种伤害是深入骨髓的。

我从小就带着无法消弭的悔恨成长到现在。满怀悔恨的人生,就如同在悲伤的海洋中一直无助地划水一样,眼前漆黑一片,几乎喘不上气来。

我不知道之前的住户遭遇了什么必须扔下宠物连夜跑掉,但是至少,要让他们知道"这只猫还活着"这件事。不,我必须要让他们知道这件事！高昂的情绪在胸中荡漾，我马上动身向店里跑去。

当我到达打工的弹珠店时，笔记本还在原来的饮食用桌子上放着。最近，店里的客人在抽烟的时候为了解闷，也会拿起笔记本来翻一翻。不过就算这样，也没有听说有谁真的去收养了那些小动物。

我翻开了笔记本，在"猫咪，几天不吃饭会死呢？"的字迹的旁边，写上了回答。

"小月还活着！死了就再也看不到它了。请尽快跟我联系！
080，XXXX,XXXX"

就在这时，跟往常一样在玩弹珠的弓子对着我嚷了起来。

"喂喂！小五郎，不要在上面乱写乱画！这可是动物们性命攸关的东西啊。"

"我知道，我没有乱写乱画……"

"不是就好，不过最近有些人到处在收购猫……真是麻烦啊。"

"为什么会麻烦呢？"

"听说这些人拿到猫之后，就会对它们做出很残忍的事，然后把虐待的过程拍成影片拿出去卖高价。宠物店都知道这些人，所以不会卖给他们，因此他们就去捡那些流浪的野猫，或者是去找一般人买猫。特别是带有血统证明书的品种猫，很少有这样的卖家，所以无论猫变成什么样子他们都会高价买下。就是为了不让这种人得手，我才费心费力制作这个笔记本啊。"

有血统证明书的品种猫，无论什么状态都会高价买下？

"喂，弓子小姐，你知道他们的名字吗？"
"不知道是真名还是假名……据宠物店店长说，的确有一个叫'YOSHI ZAWA'的男人，打过几次奇怪的电话来店里。"

我立刻打电话给宏梦，确认跟他们做生意的男人的名字。

然而，讨厌的预感命中了。跟宏梦做生意的男人，和弓子告诉我的名字一样也叫"YOSHI ZAWA"。只不过他现在还没有过来取货。我粗略地说了一下事情的原因，反复叮嘱宏梦让他千万不要把猫交出去。

随后我合上笔记本，匆匆地返回公寓。

当我跑到公寓门口时,正好看到一辆小货车从公寓开走。

我连忙冲上二楼,当走进房间之后,只看到被吃得空空的猫罐头,到处都没有小月的身影。

"宏梦,你这混账……"

"不不,你听说我啊,我认真询问了的,他说买猫是为了给新的饲主搭桥牵线,一定会好好地照顾小月的。看起来是个不错的人,而且猫也不怕他……"

"小月这么衰弱,根本就是没有力气抵抗吧?"

"还有啊,因为他已经付钱给猫的饲主了,所以如果不还钱,他是不会把猫还回来的。"

"那么,他付了多少钱?"

"他说付了二十万。"

"啊?这么衰弱的猫居然付了二十万!怎么想都很奇怪吧!"

"是吗,是小五郎你想太多了吧!"

"……"

"就这样,我的工作到这里就结束了,猫的话应该没事的。"

"'应该'？这算什么！"

"算了算了，小五郎。我也不想失信于人啊。我跟老板需要相互信赖才行啊，如果答应做的事随随便便就不做了，以后就拿不到新工作了。"

"你这个家伙，为了赚钱什么事都要做吗？贩卖动物给道德败坏的商人做坏事，这种钱赚来做什么？"

"我只是……我不是说过吗，我只是想当个成功人士而已。如果我能赚钱，我早就开个公司去赚大钱了。今天就是我迈出的第一步。刚才那个商人还给了我一张名片，他说下次还有生意会找我的。"

"宏梦，你所谓的'成功'究竟是什么？只要能赚钱就是成功？如果你为了让母亲刮目相看，就可以不择一切手段地去赚钱，那你跟偷鸡摸狗的时候有什么区别？"

"原来小五郎也是这种满口仁义道德的人啊。反正这只猫这样下去也只会饿死而已。比起生死不定的未来，交给什么商人不是更好吗？"

"够了……是因为这样对自己最有利，你才这么想的吧？"

我和宏梦已经相识三年了，这是我们第一次发生争执。

我并不是什么动物爱好者，对弓子小姐做的那些动物保护活动也没什么兴趣。只是我知道眼前的动物即将面临悲惨命运，不能这样眼睁睁地把它交出去，我不想给自己添加一笔今后一定会后悔的回忆。

就在这时，似乎像阻止我与宏梦的争执一样，我的手机突然响了起来。

我把手机从口袋里拿出来，液晶屏幕上显示着"公共电话来电"的字样。

"喂喂，哪位？"

"……"

"喂喂？"

"请问……"

"你是哪位？"

"小月还活着……这是真的吗？"

"！"

打来电话的人名叫悠斗,他说他就在离公寓不到3分钟路程的地方。

宏梦嚷着要回事务所,但我想让他明白,他的所作所为会产生让别人悲伤的恶果,就带着他一起去了公园。

虽然是个不大的公园,但是我们没有发现貌似打来电话的人。

"小五郎,这是恶作剧吧?"

我喊住正想回去的宏梦,再次四下环顾公园。

随后,我看见公园的男厕门口探出一个男孩的小脑袋,大概是上小学三年级左右的年龄。

他急急地朝我招着手:"这里这里。"那只小手上还沾着在椅子上擦到的白色油漆。

笔记本上印上的印迹,果然是小孩子的手掌印。

"你是叫……悠斗吧?为什么会到这里来?"

我一边朝公厕走一边向他发问,然后悠斗小声地回答我:

"我是偷偷跑过来的。因为妈妈说,绝对不可以到公寓附近去……"

这是当然的,房东和高利贷的人经常会过去查看,不小心遇个正着的话,连夜跑路的辛苦就全白费了。

"你什么时候从那个公寓搬走的?"

"两周前吧……请问,小月真的还活着吗?它还在屋子里吗?"

"这个嘛……"

"难道,已经卖掉了吗?"

"悠斗,你知道这件事?"

"因为昨天妈妈打电话说,要卖掉小月……我听到她说,不知道小月现在是死是活……我非常非常想见小月。为什么要把它扔掉呢,一想到这个我就好难过……"

据悠斗说,他们现在住在离这里一个小时车程的住宅区。把一栋空房子打扫干净之后,就靠着一些维持最低生活限度的家具在勉强度日。悠斗没想到新家竟然离原来的地方并不远,便思念起遗弃在公寓的小月。

"我啊，我一直都很想要个兄弟，但是妈妈说可能不行了，所以我就说那养只宠物吧。什么动物都可以，就算不是那种很贵的品种也没关系，但是妈妈说既然要买就要有血统证明书的才行，后来我们就一起去了宠物店。在那里我看到了还是小奶猫的小月，那是我第一次抱小猫，它在我手里滚了滚，又喵喵地叫起来……那时我就决定了，这就是我的弟弟。"

断断续续讲述着过去的悠斗，眼中渐渐地盈满了泪水。

"我们每天都一起睡的……从我上小学开始。小月它……这个月就满三岁了，妈妈明明就说过，小月是我的生日礼物……但是却把它扔掉了……我也觉得对不起小月，但是妈妈竟然还要卖掉它，太过分了！也许，妈妈会把我也卖掉吧！如果这样的话，还不如留在公寓，和小月在一起就好了……"

大颗大颗的眼泪从悠斗的眼眶中滚了出来，在他的讲述中，充满着遗弃了像弟弟一样的小月的后悔之情，同时还有害怕再也见不到它的悲伤。而站在悠斗身旁的宏梦，双眼也是红红的，眼中还闪着泪花。

看到这些，我暗自下定了决心，一定要把小月给救出来。

"宏梦,说起来,你从工作人员那里拿到了名片?"

宏梦一边呜咽着,一边从裤子包里掏出了名片。

"悠斗,如果把卖小月的钱给退回去,说不定能把小月拿回来。"
"真的吗!?啊,但是……"
"怎么了?"
"我想,妈妈可能已经把钱花掉了。"
"咦?二十万都花了?花到什么地方去了?"
"刚才妈妈说,待会要去卖车的地方……所以我才趁妈妈不在之后跑出来了。"

我和宏梦面面相觑,只得考虑其他方法。

如果就这么两手空空去找那人要猫,对方肯定不会痛痛快快退给我们的。哪怕只是摆摆样子,这笔钱也是必须拿出来的。

不过要一下拿出来二十万对我们来说就是天方夜谭。而且时间上也来不及了。

就在我们磨磨蹭蹭的时候,说不定就会发生一些我们不愿想象的惨剧。

我们垂下头,深深懊悔着自己的无能,就在此时,宏梦却突然仰起头来。

"那家伙,去求求那家伙吧。"

宏梦紧紧握住悠斗的手,把他从椅子上拉起来,抓着他一口气跑了起来。

两人奔跑的终点,是我打工的弹珠店。

宏梦牵着悠斗的手闯进了店里,虽然被店长说了一句"这里不准带孩子",但是他对此置若罔闻,径直来到了老虎机的地方。

"你小子,不会想用弹珠店来赚钱吧?"

听到我的疑问,宏梦头也不回地说:"我怎么会干这么蠢的事。"随后他停下脚步,伫立在门仓的面前。

注意到宏梦的门仓,叼着香烟转过头来,很不耐烦地瞪着他。

"怎么,万事屋的臭小子。又来偷硬币了?"

"不是的,今天我不是来偷东西,我是来借钱的。"

一向吊儿郎当的宏梦,此刻却无比认真地反驳门仓的话。

"你这小子,穷得连脑子都糊涂了吗?"

"无论您怎么说都可以。"

宏梦一边说,一边俯下身体,朝着门仓直直地跪了下去。

"社长,求您了!求您一定要借给我二十万!"

"啊?你在胡说什么?说起来,这孩子是谁?"

"不是的,这是……"

"居然想利用孩子来借钱,这手段也太肮脏了吧?"

扔下这句话后,门仓转身朝向老虎机,继续打刚才的游戏。

此时的我突然产生了一股冲动,我一定要让他知道我找到了那个问题的答案。

"门仓先生,你曾经提过'你究竟是为了什么而活'这个问题吧?"

"……"

"虽然我是个笨蛋……但笨蛋也是会认真思考,然后找到属于自己的答案的。我究竟是为了什么而活……我觉得，我一定是为了找出这个答案，才活在这个世上的。"

"！"

"就在现在，因为我还活着，所以我想去拯救一条生命。只要有二十万，就一定可以保住这条生命。我不想因为没有钱而失败而归，让自己悔恨不已……所以，门仓先生，求求您了，请您借给我们二十万吧！"

门仓停下打游戏的动作，慢慢地转过头来。

"只要有二十万，就可以保住什么东西？"

我和宏梦一起抬头看向门仓，使劲地点头。

"你们两个家伙，实在是太笨了。忘记我之前怎么说的了吗？"

"……"

"我是绝对不会借钱的，我只会投资。"

说完，门仓从老虎机上站了起来，将机子上方的手提袋拿了下来。然后从厚厚的钱包中，掏出了二十张一万元的纸币递给我们。

"你们两个小子,都给我好好地听着。如果使用得当,钱自然会回来的。偷来的钱,花掉就没了。但是,活起来的钱就不会消失,一定回到自己的手里。"

"钱会……回来?"

宏梦像个对老师提出疑问的学生,不解地盯着门仓。

"没错,就像让可爱的孩子去旅游一样。让他去四处旅游,不断地成长,我的孩子最终还会回到我身边来。钱也是一样的道理,让自己用心培养的钱出去旅游,最后也会加倍地回到手里。所谓的做生意,就是培育金钱啊。虽然给你们的钱不是用来做生意,不过这跟被偷就减少的钱不一样,这笔钱应该会活起来的。虽然不知道在我活着的时候能不能回来,总之你们就好好地让这笔钱去旅游吧。"

双眼炯炯有神地发表这番言论的门仓,浑身散发出"社长"的威严。

门仓向我们展示出了他真实的一面,他绝不是别人说的那种"浪荡社长"……

自己的人生由自己决定,然后一步一步地、坚定无比地向前迈进。如果这都做不到的话,绝不可能成为代代相传的百年老店的社长。

了解到真正的门仓之后,我们离开了弹珠店,动身去找那个进行肮脏交易的事务所。

到达名片上所写的地址,开车过去要花四十分钟左右。我们找店长借了车,开上了高速公路,选了最短的路线开过去,最终在三十分钟内到达了那个地点。但是这时天色已经完全暗了下来。

"小月……有没有乖乖的啊……"

还不知道对方买猫目的的悠斗,正在为即将出现的再会而雀跃不已。

说不定,已经来不及了……如果已经到那个地步的话,应该怎么办?绝对不能让悠斗看到小月被折磨之后的样子。

"悠斗,大哥哥们要去跟对方要回小月,你就在车里等我们吧?"

悠斗本想跟我们一起去,我绞尽脑汁地哄他,说换回小月要进行非常慎重的交涉……最后好不容易说服了他,让他在车里乖乖等我们回来。

我们来到地下交易事务所的地址,这里立着一栋非常普通的三层建筑。

我们登上三楼,来到二〇二号室的门前,上面挂着的名字牌写着"吉泽"的字样。这个难道跟弓子所说那个"YOSHI ZAWA[1]"是同一人物吗?

按了门铃之后又过了一会,门的内侧才传出一个声音:"谁啊?"

宏梦不愿错失这个良机,对里面的人大声说道:

"啊啊,您好!我是刚才把灰猫交给您的万事屋的人。我又得到一只名贵的品种猫,想问问吉泽先生您需不需要?"

从门内侧发出了咔嚓咔嚓的开锁声,我从门缝当中看到了这个名叫吉泽的男人的脸。乍见之下,根本就看不出他有虐待动物的倾

---

[1] 吉泽的日语发音为"YOSHI ZAWA"

向，只是一个普普通通的三十出头的男性罢了。

"啊，你是刚才的……那么，猫呢？"

"放在楼下的车里，我想先跟您谈点事。"

说完，宏梦掏出从门仓那儿拿到的二十万。

"这钱给您，可以把刚才那只猫还给我吗？"

"咦？这会让我很为难啊……"

"为什么会让您为难呢？不是二十万买的吗？"

"虽说如此……我也是受人之托的啊。"

"受人之托？受谁之托？"

"……"

就在吉泽跟宏梦相持不下的时候，房间内说不定就在进行残忍的事情。

在我倍感焦急的时候，吉泽提出了一个方案。

"那这样吧，这钱我收了，刚才的猫还给你。不过你之后拿来的猫，我就以十万买下吧。"

我一下子无法理解吉泽这句话的意思，于是稍稍整理了一下。

首先，吉泽把二十万买下的猫，拿二十万交换回来。然后，重新以十万的价格买下另一只猫。这时吉泽手里就多出了十万元。既然是受人之托买的猫，就可以对那人说"这是花二十万买的"，最后手里的这十万元，就成了吉泽的囊中之物。

真是个下作的家伙……虽然心里这么唾弃着，但现在的当务之急是将小月换回来。这家伙的赚钱手段下不下作都与我无关。不过若让门仓来看，吉泽的手段跟偷盗他人钱财并无两样吧。靠欺骗同伴赚来的钱，并不会活起来，是花掉就消失的死物罢了。

"我知道了，就这么办吧。"

宏梦僵硬地挤出笑容，做出了回答。

随后我们跟着吉泽一起走进屋里。然而越朝里面走，眼前的光景就越发的骇人。

只有二十叠[1]大小的客厅里，在各个角落设置了大大小小的摄像头。地上四散着切碎的绳索和刀刃等危险物品。

---

[1] 一叠（榻榻米尺寸）约等于1.62平方米。

在书柜里摆放着很多 DVD，封面上全是动物们被残酷折磨之后的模样，实在是惨不忍睹。

吉泽提着一个装猫的箱子，从里面的房间走了出来。

我们禁不住朝箱子内部望去，只见虚弱的小月缩成一团匍匐在里面。

确认了小月的安危，我和宏梦不由得都松了一口气。

但是小月被带出的那个房间里，又传出了好几只小猫呜咽的叫声。

我尽量不动声色地向吉泽问道：

"请问，那房间里还有几只猫啊？"

"现在还有七八只吧，之前还很容易得手的，但是现在越来越麻烦了，去宠物店居然还要出示什么身份证明。还好可以和你们这样的万事屋联手，这样就方便多了，真是走运。"

"……别开玩笑了。"

"嗯？"

一直故作轻松的宏梦终于忍无可忍，爆发了出来。

"谁要跟你联手啊,你这个变态人渣。不要看不起万事屋!"

"干吗啊,突然就翻脸……这不也是一份维持生计的工作嘛,你拽什么拽啊?"

"这叫工作?笑死人了,折磨活生生的动物也配叫工作吗!"

原本看着人畜无害的古泽,那双貌似温和的眼中突然迸出冷冽的目光。他随手抓起客厅地上散落的刀刃,狠狠地朝宏梦刺了过来。

就在这千钧一发的时刻,门铃响了起来。回过神来的吉泽,把刀刃朝地上随手一扔,向玄关走了过去。

之前因为紧张而屏住呼吸的我们,这时才敢缓缓地吐出一口气来。露出本性的吉泽让我们惊恐不已。

我们面面相觑,害怕前来的是吉泽的同伴,便忐忑不安地向门口望去。

然而出现在门口的身影,是本该在楼下等候的悠斗。

"大哥哥们一直没回来,我很担心……"

吉泽已经暴露出凶残的本性,以他现在的精神状态不知道会对孩子做出什么事情来。

必须马上带悠斗离开这里……但我们现在离开的话，屋内的小猫就会遭受像 DVD 封面那样的残忍虐待……

就在我惊魂未定的时候，悠斗的身后出现了一名警官的身影。

"巡警叔叔说，我一个小孩子在车里太危险了，就把我带过来了。"

一定是巡警见到悠斗手里拿着吉泽的名片，就以为吉泽是他的监护者。

我立刻朝同行的警官跑过去，劈头盖脸地向他问道：

"巡警先生，请问虐待动物是犯法的吗？"

十多分钟后，吉泽的公寓就被好几辆警车给包围了。

吉泽本人因《动物保护法》27 条的动物虐待、动物遗弃和以虐待为目的的动物交易欺诈等罪名，被警方逮捕了。

放在最里面房间的那些小猫，通过弓子的协助，交给一些动物义工妥善保护了。但这也只是一时的托管罢了，因为义工也是非常辛苦的，所以弓子就继续利用"寻亲笔记"来找寻可以长期照顾它们的饲主。

我们作为案件的重要参与人有义务协助警察调查，于是三个人一起去了最近的警局，在那里接受了一小时左右的调查和谈话。

事后我们得知，购买动物进行虐待的吉泽和倒卖二手车给悠斗母亲的人其实是一伙的。

首先，他们声称要高价购买有血统书的波斯猫，让吉泽给了悠斗母亲二十万，接着又给她介绍倒卖二手车的店，让她把那二十万当作首付，又让她借高利贷来偿还余款。他们就用这种手段一步步地骗走悠斗母亲的钱财。

结果，买猫付出的二十万，通过出售二手车就收回来了，而贩卖虐猫 DVD 和倒卖失窃二手车的利润则由内部人员平分，这些都是他们的盈利手段之一。

从劝说悠斗母亲夜逃的糕点店的客人到协助夜逃的工作人员，再到买猫的吉泽，甚至连贩卖失窃车辆的二手车店主，都是欺骗团伙中的一员，是他们精密策划的连续犯罪的其中一环。

作为受害者的悠斗母亲，之后也到警局来报了案。结案之后，她走到抱着小月的悠斗身边，愧疚地对我们说："不好意思，给你们添麻烦了……"

一次又一次地被所信赖的人背叛，悠斗母亲十分绝望地坐在了接待室的椅子上，用双手捂住了脸，像个孩子一样，哇哇大哭起来。

在这世上，分不出敌友，搞不清对错，之后要怎么走，怎么活下去……怀着一股无处发泄的激烈感情，悠斗母亲的身心都到了崩溃边缘。

号啕大哭了几分钟之后，她突然抬起头来，用几乎没人听得见的声音喃喃低语："好想死……"

我突然有一种不好的预感。在这种精神状态下，她说不定真的会去自杀，但我绞尽脑汁也想不出一句安慰的话语。

对着摇摇晃晃向外走去的悠斗母亲，宏梦突然说出了一句话。

"悠斗的妈妈，如果你死了，悠斗要怎么活下去？"

"……不知道……"

"喂喂，你振作一点！你是他的母亲啊！"

被宏梦的质问刺激到的悠斗母亲，停下了晃晃悠悠的步伐，转过头来反驳他：

"啰唆！你知道什么！你当过父母吗？不要一副很懂的样子！"

"我当然不知道父母的心情，也不想知道父母抛弃孩子的心情!只不过,被父母抛弃的孩子的心情,我最清楚了!"

"……"

"难过得很……需要保护的时候父母却不在自己身边,真的是难过得不得了……希望他们抱抱自己,但是谁也不会伸出手来,心中就像被挖了个大洞一样难过,为了补上这个洞,就不得不用各种东西去填,但是统统都没有用……根本没有任何东西可以代替父母的亲情!"

宏梦含着眼泪吼出这番话,他的声音在警署内回荡着。

悠斗母亲像被宏梦的话刺激了一样,突然在原地蹲了下来,再次哭泣起来。她一直哭一直哭,仿佛想把自己的眼泪哭干一样。

我们一句话都说不出来,只能在她身边静静地守着。

就在此时,突然传来了一声微弱的猫叫声。

而发出这个叫声的,正是悠斗怀里抱着的小月。

在大家的注目之下,小月又张开嘴,轻轻地叫了一声:"喵。"

"不会吧……"

我和宏梦非常的惊讶。刚才的叫声,完全无法想象出自一只不久前还在昏暗的抽屉里奄奄一息的动物。每天过着生不如死的日子,已经对主人灰心失望的小月，本以为它会发出痛苦的悲鸣，没想到发出的竟然是对主人的亲昵撒娇声。

"妈妈，不要哭了，小月一定也是这样说的。"

悠斗将小小的手掌，放在了母亲微微颤抖的肩膀上。

然后母亲捂住自己的脸，对着孩子泣不成声地回应道：

"对不起……都是妈妈不好……妈妈只是不想让悠斗有痛苦的回忆，但是无论怎么努力都失败了……"

"我没有什么痛苦的回忆哦。"悠斗一边说着，一边从口袋里掏出了一张叠好的纸递给母亲，然后这样说道，"只有这张，我不想扔掉……"

悠斗母亲接过这张纸，将其缓缓地摊平。"这是……"她盯着这张纸，想起了与此相关的回忆。

我和宏梦从悠斗母亲的背后，偷偷地看了看那张纸上的内容。原来那是悠斗用彩色笔画的一张图。画里既不是高级轿车，也不是身着品牌衣服的妈妈……而是悠斗和身着白T恤的母亲两人站在夜市的摊位前，手拿苹果糖的模样。

悠斗说的"只有这张不想扔掉"的图,是他和母亲两人去逛夏祭夜市时,那个无可代替的"回忆"的瞬间。图中的两人面带微笑注视着对方。

随后,悠斗对紧盯着图的母亲又说道:

"那个时候,我非常开心哦。爸爸走了之后,妈妈一直都没有精神。但是夏祭的时候,妈妈吃了苹果糖之后说'很好吃',还开心地笑了。每次看到这张图,都会想起那个时候的妈妈,我最喜欢妈妈的笑脸了。只要妈妈笑了,漂亮的衣服,好吃的东西,我什么都不要。所以,妈妈,不要哭了。妈妈,今年也一起去夏祭吧。一起吃苹果糖吧。"

悠斗母亲的眼中,再次溢出大颗大颗的泪水。然而这并不是悲伤的眼泪,而是充满了爱意和温柔的眼泪。

人,会被语言所欺骗,被语言所伤害,最后因此坠入深深的黑暗当中。

但是,能将人从悲伤当中拯救出来的,也是语言。只是所谓的语言,不仅仅指人类发出来的声音。人与人,人与动物之间相互支持相互依赖的"心灵之声",也可以将我们从深深的悲伤当中拯救出来。

宏梦看着安慰母亲的悠斗,像是突然想起什么似的,把手伸进口袋,把掏出来的东西递在了母亲面前。

"悠斗的妈妈,你收下这个吧。"

那是,从门仓那里拿到的二十万。

因为虐待动物的恶人被逮捕了,这些钱没了去处,所以宏梦打算把这些钱交给悠斗母亲。宏梦是这样对她解释的:

"就算不逃走,说不定也能重新来过。不是因为钱,是因为你有从心底想要保护悠斗的强烈意愿……收下吧,用这个钱当咨询费,去跟律师商量怎么解决高利贷吧。为了不重蹈覆辙,这笔钱不要用来躲避过去,请用来开启新生活吧!"

"但是,这怎么好意思……"

"听过'钱在天下转'这句话吗?这笔钱一定会再次回到我手里的。所以你千万不要介意,为了悠斗和小月用上这钱就行。"

虽然这是向门仓现学现卖的词,不过宏梦心里也一定是认同的。

悠斗的母亲一边哭着一边不停地对我们说"谢谢",然后紧紧地抱住了悠斗。

"对不起,悠斗……为了钱居然卖掉了小月……真的对不起……以后说不定还要继续过着穷困的日子,就算这样也和妈妈一起好吗……"

"肯定的呀。只要妈妈不讨厌我,我会一直和妈妈在一起的!"

"谢谢……悠斗……谢谢你……"

小月抬起头看着紧紧相拥的母子,似乎是感受到与家人再会的喜悦,它也鼓着喉咙发出了呼呼的声音。

现在的小月,不再是失去期待,失去生存下去的力气的"无法鸣叫的猫"。它再次感受了来自人类手心的温暖,找回了可以向主人撒娇的幸福感。

之后,这两人一猫就要从零开始,以这里为起点,朝着新的生活出发了。

*

有时,人的命运会被金钱所摆弄。

就像悠斗母亲那样，因为金钱使得自己的人生变得一塌糊涂。但是如果她能让金钱"活起来"，反而会变成保护重要事物的武器。

"你……到底是为了什么而活着？"门仓提出的问题，让我有了一个直面自己生存方式的契机。

为了什么而行动，为了什么而赚钱，我到底应该为了什么而活着呢？

我产生了一种强烈的感觉，如果我不努力活下去的话，是无法找到答案的。

一心只想成为成功人士的宏梦，在卷入这次的欺诈案之后，也似乎领悟到了更加可贵的东西。

偷来的金钱也好，赚来的金钱也好，就算金额相同，能不能将这笔钱活用起来，则是因人而异的。

对于一切重来的悠斗母亲来说，那二十万就是点燃生活希望的火种，会照亮他们前行的道路吧。就算这笔钱用掉了，为了保护家人所点燃的那束光芒，也一定不会消失吧。

小月和悠斗之间的羁绊，让我们领悟到了什么才是最宝贵的东西。

第二话　羁绊的碎片

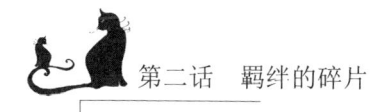

在那之后，小镇里持续了一段时间的平静生活。我与往常一样，一边在休息室抽烟一边朝窗外望去，这时远远地传来了弓子的呼唤声："小五郎！"

（反正又是让我给咪咪喂食吧……）

我灭掉了烟头，朝弓子所在的店面走去，发现她正在一脸严肃地翻阅着"寻亲笔记"。

"小五郎，快看这个……"

那是一张照片，上面是一个装水的水桶，里面浸着一只仰着头的小白猫。水已经快满到小猫的嘴边了，看得出小猫在像狗一样拼命地划着水。如果再下点雨，肯定就要被淹了。

然而这一页上只有一张孤零零的照片，没有任何说明文字。

是它自己不小心掉下去的，还是被谁恶作剧放进去的？无论如何，拍这张照片的人并没有伸出援助之手……只有这件事可以确定。

就算我们想尽快赶去现场，也找不出半点线索。

我给宏梦打了电话，拜托他寻找照片的拍摄者和小猫所在的地点。

打过电话没多久，宏梦就骑着一台吱呀作响快要报废的摩托赶过来了。

不知道制造年代的老旧摩托，松松垮垮的工人制服——染着一头棕发瘦瘦高高的宏梦怎么看都跟时代严重脱节。

机车型号虽然陈旧，引擎音却十分高亢，就算熄了火，那刺耳的声音还在耳朵里嗡嗡作响。

"宏梦，你差不多也该换个新机车了吧？"

"小五郎,你知道我没那个钱啊,就连这个,也是在大型垃圾场捡回来,让熟人修了修废物利用的。"

"……也就是说,这是白蹭的?"

"才不是白蹭的呢,换轮胎就花去了七千元啊。明明就是二手来着……"

就在我想问"这是一个立志出人头地的人该说的话吗"的时候,弓子走了过来,把笔记本放在他眼前,指了指照片:"小宏梦,你来看看这个。"

只有掌心大小的小白猫浸泡在水桶中,仰着头无助地张望着,这幅景象让人十分揪心。

"这,这是什么啊……水都要淹到嘴里了。再不管就要淹死了啊……"

"嗯,是的……也不知道为什么会变成那样,但小宏梦说得没错,这样下去就要溺死了。"

"所以呢,这是哪里?"

"就是想拜托小宏梦来找出这个地方啊。"

"咦？就凭这么一张照片，就让我找出地方来？"

对着说出丧气话的宏梦，弓子不停地劝说道：

"小宏梦，求求你了，帮忙找一找吧。它这么小一只，靠自己的力气根本爬不上来啊，如果下雨了……它可就惨了……"

弓子的话似乎让宏梦有所动摇，他小声嘀咕着："我，我怕猫啊……"拿过了笔记本，目不转睛地盯着照片。

"啊？这里、这里莫非是……我怎么可能知道啊！"

吐出一句自嘲之后，宏梦索性瘫坐在椅子上，将笔记本扔到一旁。但这一扔后却从笔记本中甩出了两张新的照片，看样子之前是夹在其他页面的。宏梦捡起了那两张照片，又发出了"啊啊……"的声音。

"怎么了，宏梦，又是开玩笑？"

"不不，这次是真的……这个地方，应该就是车站那边的那个杂树丛。因为最近有人在那里乱扔垃圾，所以我家老板也到那边打探过。"

"老板专程跑去垃圾山干吗?"

"那个嘛,他说那边的土地所有者如果采用我们的垃圾处理方案,就可以赚到钱了。"

宏梦打工的"万事屋"的老板,是有着鬣狗之称,能在任何地方挖掘商机的能干商人。

我和弓子也朝着那两张照片望了过去。照片中多多少少能看出周围的模样,那是竹子和树木相互混杂着的山中景色。

我们三人正围着照片研究的时候,弓子的脚边传来了"汪汪"的低沉叫声。那是一只大型犬,正抬着头盯着我。我没记错的话,这应该和"名犬莱西"[1]是同一品种的狗吧。虽然它一副很想讨好人的模样,但是被一只比猫大上几十倍的狗直直盯着,完全没有可爱的感觉。

"弓子小姐,我从刚才就注意到了,这是……你家的狗?"

听到我的问题,弓子摸了摸名犬莱西的头,笑着回答说:

"啊,这孩子?这是门仓社长家的小梦啊。有时我会带它去散

---

[1] 《名犬莱西》,又译《新神犬拉西》,是日本动画片《世界名作剧场》系列第22部的动画作品。

步，当作打工了。"

听到这番话的宏梦马上说道："啊，真不像门仓社长会养的狗啊，我觉得他应该是养杜伯曼犬这样的狗呢。"还未说完，名叫小梦的狗就探出鼻子在照片上嗅来嗅去，然后哼哼唧唧地兴奋起来。

"喂、喂，在干吗啊……"

宏梦把沾上口水的照片在裤子上擦了擦，对弓子抱怨道："它是不是饿了？"

"它又不是山羊，怎么会饿了就吃纸呢。说不定是因为这照片带着猫的味道哦。狗的鼻子可比人强上数百万倍呢。"

这么说来，这几张夹在笔记本里的照片是那种即拍即得的照片，说不定真的会沾上那只小猫的味道呢。让小梦闻闻这些照片，是不是就能找出小猫的所在地呢……不行，又不是受过训练的警犬……就在我胡思乱想的时候，宏梦像看穿了我的心思一样突然提议道："那就让这只狗来找吧。"他一副趾高气昂的模样，仿佛自己是解决案件的名侦探，还直接无视了弓子"小梦又没有接受过搜查训练"的发言，然后他又追问道：

"小五郎,找到小猫之后你要给我多少钱?这当然是工作吧?"

我差点脱口而出:"就等你这句话呢。"

"是啊,这肯定是工作。不过……"

"不过……?"

"能拿到多少钱,得看你的运气了。"

说完,我把早已准备好的五十枚硬币交给了宏梦。

"你这是假公济私吧?"宏梦似笑非笑地接过装着硬币的塑料袋,顺手挂在了摩托车手柄上。他朝着我竖起了大拇指,做出了一副谜之自信的样子:"我可是个幸运的男人哦。"说罢,便装模作样地将夹在笔记本里的照片让小梦嗅了嗅,和弓子一同去了杂树丛。

目送两人离去之后,我起身去给咪咪喂食,喂完后又开始打扫店铺。就在上周,我被店长叫出去,问我想不想当正式职员。我只是像蒲公英种子一样随意飘落在此地罢了,竟然会被委任一份需要责任感的工作,这是三年前的我完全无法想象的。能被人看得起肯定不是件坏事,所以我开始认真考虑成为正式职员的可能性。我觉得今后不能再像以前那样吊儿郎当的了,所以找小猫的事就托付给了宏梦。

原本我就不是特别喜欢猫的人，也不会热衷于什么动物保护工作。只是偶尔给店里的野猫喂喂食，偶尔翻翻弓子的笔记本，偶尔遇到一些跟动物有关的事罢了。

我一边想着心事，一边随意地挥着手中的扫帚，这时身后传来一个男声："哟，五郎，又在偷懒啊。"我转过身去，只见身穿高级皮外套，手夹品牌钱包，一派文雅作态的门仓正站在我的身后。

"啊，这不是门仓先生吗？我可没在偷懒。别看我这样，姑且也算是店长候补人选了。说起来，刚刚弓子小姐才带着门仓先生的狗出去散步了。您既然有空到这里玩，不如自己带着去散步嘛。"

"笨蛋，我自己去的话，那个老太婆怎么赚到打小弹珠的钱。不这样做，你们这种小店早就垮掉了。"

虽然门仓的话听起来就像"不知劳苦的浪荡社长的胡说八道"，不过通过小月一事我了解到这个人的真正为人，所以知道其实他说的每句话都是有意义的。

"不过那个老太婆，怎么又在这里乱放东西。"

门仓一面说着，一面拿起了弓子留下的笔记本。他从裤子口袋里掏出零钱，去自动贩卖机买了爱喝的罐装咖啡，然后靠坐在椅子上，悠哉地喝着咖啡，翻看起笔记本来。

"真的是，做了不少事嘛……"

翻着那些动物的照片和解说，门仓发出了由衷的感叹。然而，当他翻到弓子和宏梦一起看的那几张小猫的照片时，脸色唰的一下就变了，正在往嘴边送咖啡的手也停住了。

"喂喂，五郎，这个照片为什么没写在哪里拍的？"

原来像门仓这么豪爽的人，看到小猫楚楚可怜的照片，也会心生不忍啊。

"是啊，在什么地方、怎么掉进去的，这些都不清楚呢。还有其他两张照片也夹在里面，不过以此为线索，弓子小姐和宏梦已经去找那只小猫了。对了，门仓先生家的小梦也在一起。"

"小梦也跟在一起?"

"嗯,照片上好像沾着猫的气味,刚才小梦一直嗅来嗅去的,他们觉得也许能靠小梦灵敏的嗅觉把小猫找出来,就去杂树丛那边找去了。"

"杂树丛……是车站那边的吗?"

"是的,就是那个垃圾堆成小山的杂树丛。"

"门仓先生,你很在意这只小猫吗?"

"不,没有……我只是觉得它很可怜。"

门仓合上了笔记本,将余下的咖啡一饮而尽,一面说着:"我走了,小五郎好好工作。"一面站起身朝停车场走去。

"哎?您要回去了吗?不是才刚到吗?"

"算了,我好歹也是个社长,偶尔也要工作的。"

"偶尔……好吧,您一路走好。"

门仓把手伸到脑袋一侧轻轻挥了挥,做出敬礼的样子,说了"再会"之后便匆匆离去了。

　　*

　　"弓子小姐，带狗散步能拿到多少钱啊？"

　　万事屋事务所偶尔也会接到带宠物散步的工作，但是都是些临时性的活儿，所以几乎赚不到什么钱。

　　"多少钱啊，小梦的话，好像一次是二千左右。因为是按月结算的，所以我也没有仔细算过。"

　　"主妇赚钱还是真是轻松啊……"

　　"才不轻松呢，这可是关系到家里的生计啊。"

　　"但是弓子小姐和您的丈夫，不是还开着一个五金店铺吗？"

　　"是开着，但也是没法子才一直撑着的，因为是从丈夫的双亲那里继承过来，不能让店子垮了啊，顶多只能赚赚生活费罢了。"

　　"那不是还开得下去嘛。"

　　"自己的开销是有的，但是那些动物们的食物啊、砂子啊、板子什么的，也是一大笔钱呐。"

"哎……你也太用心了。不过为什么要做动物保护呢，不是一分钱都赚不到吗？"

"一分钱也赚不到啊……你说得没错。虽然赚不到钱，但是可以得到比钱更可贵的东西啊。"

"比钱更可贵的东西？"

"嗯，很难用语言来描述出来……我觉得通过拯救弱小的生命，可以获得一种被治愈的感觉。还有心里那些空虚的大洞，也可以被填满的感觉，就是一种无法言表的羁绊吧……不过最重要的原因是，我的女儿很喜欢动物。"

"哎呀，虽然不是很懂……不过弓子小姐你有女儿啊。多大了？"

"今年就满二十了。这孩子身体不太好，所以不怎么出门，所以你看，如果有动物陪着她，一个人在家就不会这么寂寞了吧？"

原来这么开朗的弓子，家里也有本难念的经啊……我们一边聊些闲话，一边朝前走着。就在铁路轨道快到尽头的时候，弓子突然站住了："哎呀！这是？"

我从弓子的视线望过去，只见轨道中间四仰八叉地躺着一个人。

"不是吧,被车撞了?"

但这附近根本没有电车通过,路面上也没有飞溅的血迹。

我躲在弓子瘦弱的肩膀后面,慢慢朝横卧着的那人靠过去。

走着走着,弓子突然对着那人叫了起来:"你不是……祥君吗?"

躺在地上穿着深蓝色风衣的少年看向我们,露出了一副惊讶的表情,随后慢悠悠地从地上爬起来:"弓子小姐?"

"果然没错,你就是祥君嘛!等等,你在这里干吗?不是想去做什么奇怪的事吧!?"

确认了对方的身份后,弓子不由得责怪起对方来。面对担心不已的弓子,"祥君"只是一脸茫然地回答道:"因为天空好看啊。"

弓子连忙伸出手,抓住比自己高出一个头的"祥君"的双臂,连拉带扯地把他带离了轨道。等站稳之后,弓子又拍了拍他身上粘上的砂子。就在这时,门仓家的大狗突然扑向那个少年,兴奋地在他脸上舔来舔去。看见这个场景我不由说道:

"这狗还真是亲近他呢……"

"这是当然的啊,因为祥君是小梦的主人啊。"

"咦……这是什么意思?"

"这位是门仓社长的儿子,门仓祥太郎啊。"

乍眼一看,外表明明是高中生模样的门仓之子门仓祥太郎,说话动作却幼稚得跟小孩子一样。虽说如此,作为镇上首富门仓社长的儿子,肯定从小就是娇生惯养的吧,光是脖子上挂着的摄像机就是高级货。不过这样的祥太郎,正在被他家的狗摇着尾巴兴奋地舔着他的脸。

总之对着少爷身份的祥太郎,我一时间不知道说什么才好,只得在口袋里胡乱地掏了掏:"……要不要来根烟?"

"发什么傻呢,小宏梦。祥君还没成年呢!"

虽然被弓子骂了,我还是把香烟掏了出来,一不小心将口袋里的小猫照片也顺了出来。正在跟小梦玩闹的祥太郎看到掉落的照片,便弯腰捡了起来。

"啊，这不是小喵喵吗？"

"小喵喵？"

见祥太郎对小猫照片喃喃自语，弓子不由得反问道。

"是啊，这是小喵喵呀。这只小猫咪，比爸比经常去的弹珠店的那只咪咪还要小呢。"

看起来"小喵喵"并不是小猫的名字，只是祥太郎对小猫的叫法罢了。"爸比"也应该是"爸爸"的意思。

这么说来，小梦或许并不是对小猫的味道有反应，只是闻到祥太郎的味道才去舔照片的。

我有些惶恐不安地向少年问道：

"祥太郎君，是你把这只小猫……小喵喵放进水桶里的？"

"嗯，是我呀！很可爱吧！因为想让大家都看看，所以就把照片贴上去了哟。贴纸只有一张，其他两张我就夹进去了。"

这时的祥太郎，完全看不出恶作剧的样子，反倒是一副等人夸奖的模样。

我和弓子面面相觑,犹豫着要怎么开口才妥当,弓子像对待小孩子一般,耐心地问下去:

"祥君,你为什么要把小喵喵放在水桶里呢?"

"水桶?不是水桶呀,是浴盆。因为小喵喵才生出来没多久,所以要把它放在浴盆里。我呀,我在电视上看过呢。刚生出来的小婴儿,医院的人会给他洗澡呀。但是,小喵喵这么小就和妈咪分开了,好可怜呀。"

说着说着,祥太郎的眼中涌出了泪水,用手轻轻地抚摸着照片。这孩子,真的是很单纯的人啊。不过最重要的是,他不是因为恶作剧才把小猫放进水桶的,看来不是那种无可救药的人。

不过,他要在笔记本上写点什么就好了……不对,也许并不是"忘记写了",而是他根本就"不会写"。

就在我揣测这些事的时候,天空竟然淅淅沥沥地下起雨来。

"看吧,如果就这么不管的话,小猫会被淹死的。我们一起去小喵喵那里吧?祥太郎?"

祥太郎呆呆地望着我,眼泪汪汪地回答了一声"嗯!"然后站起身来。

我们来到的地方,是离车站十分钟左右路程的杂树丛,这地方我以前跟社长一起来过。不过祥太郎把小猫放进水桶的地方,还要踏过垃圾小山,穿过茂密的竹木林才到得了。

当前方隐约可见一个高约四十公分的水桶时,祥太郎一个箭步冲了上去,并把头伸了进去。我和弓子随后赶到,也跟在他身后探头张望。

"不在了……"

水桶之中,只有祥太郎灌进去的大半桶水,并没有小猫的踪影。

"小喵喵,跑到哪里去了呀?"

弓子轻轻握住了一脸不安的祥太郎的手,安抚他说:"没关系的,一定是小喵喵的妈妈把它接走了。今天已经天黑了,我们明天再来找吧。"

在回去的路上,祥太郎的手机突然响了起来。

"喂喂,妈咪?咦?医院?我和弓子阿姨在一起呀。爸比在医院?"祥太郎反复地跟母亲确认着,看起来事态颇为严重的样子。

弓子接过电话,在与祥太郎的母亲交谈之后,才知道原来门仓出了事故,已经被送去医院进行治疗了。我们三人冒着大雨连忙赶去了医院。

*

今天,店内有些冷冷清清的。常在店里晃荡的弓子和宏梦去寻找小猫,门仓来了一趟也马上回去了。早知道这么闲,我也跟他们一起去就好了。正在我神游太虚的时候,手机屏幕上突然跳出宏梦的来电提示。

"喂,喂,宏梦?怎么了,找到小猫了吗?"

电话那头的宏梦十分激动,上气不接下气地说了门仓入院的事。

"怎么会这样……"我十分惊诧,刚才门仓还在店里跟我生龙活虎地聊天呢。宏梦说了门仓所在的医院之后,就匆匆忙忙挂掉了电话。

我来不及换衣服,穿着制服就出了店门,骑上宏梦那台没上锁的摩托，朝着门仓所在的综合医院一路奔了过去。我忐忑不安地期盼着事态不要太严重。

来到医院之后，我看到门仓的儿子祥太郎也和宏梦他们在一起。在另一侧，门仓的太太正坐在手术室的椅子上，像祈祷一般紧紧地交握着双手。

门仓的命好不容易保下来了，但仍然处于比较危险的状态。

据参加抢救的医务人员说，在事故现场，车子明明处于转弯的地带，却没有踩刹车的痕迹，也许是车子出了什么故障，也许是被谁做了手脚，也许有意外情况导致无法刹车……根据这些情况，警察正在进一步展开调查。

我们聚集在手术室前等候时，走来一位护士小姐，希望我们能去确认一个东西。

似乎是不能携带的物品，所以我们跟她一同去了医务休息室。

刚到休息室门前，就听到里面传来"喵喵"的叫声。

推开房门，就看见房间里面放着一个纸箱，纸箱里有一只白色的小猫，跟夹在笔记本里那几张照片上的一模一样。祥太郎在看清小猫之后，嘴里喊着"小喵喵"扑了过去，把它从纸箱里抱了出来。

完全搞不清楚状况的我们，只能茫然地盯着祥太郎怀中的小猫。看到这番情景，护士小姐便开始解释起来：

"这只小猫之前就在门仓先生的车里。门仓先生似乎为了保护它，失去意识之后还把它抱在怀里呢……说不定就是因为它钻到刹车板下面，门仓先生才没有踩下去的……"

正如护士小姐所说，如果小猫真的钻进刹车板下面，这个时候用力踩上刹车，下面的小猫肯定也会被挤压踩伤。门仓是个内心温柔的人，可能真的是为了避免出现这种惨状，才在转弯处不踩下刹车的。

不过就算如此，为什么门仓的车里会有这只小猫呢？

正当我思考这个未解之谜时，另一位护士小姐走过来对我们说："负责医生有些话要跟家属说，请到这边来。"

因为我们不是门仓的亲戚，所以只好在接待室里等着谈话结束。

过了二十多分钟后，祥太郎和他的母亲终于从房间里走了出来。与两人相熟的弓子立刻迎上去询问情况。

"祥君、贵子小姐，门仓社长怎么样了？他不严重吧？"

弓子说完之后，祥太郎小声地嘀咕了一句：

"他说，爸比要死了。事故前就生病了。"

——十年前——

在我迎来四十二岁生日的清晨，作为房产公司社长的父亲突然宣布退休。

虽然我一早就在父亲手下工作，知道总有一天我会继承这个公司，但我一直以为是很久之后的事。说实话，我觉得自己还太年轻，没有带领全公司员工的自信。然而公司的继承手续在有条不紊地进行着，在不知不觉中，印着我名字的社长名片也印刷完毕了。

从出生开始就朝着社长轨道前进的我，只能抱着"该来的总会来的"的觉悟，一鼓作气地迎头而上，我决心用自己的方法进一步扩张公司的规模。

不过，要得到世间的认可不是这么简单的事，外界似乎把我戏称为"浪荡社长"。算了，他们爱怎么说就怎么说吧。什么事都要斤斤计较的话，怎么保得住公司员工和他们的家人呢。

半年之后，我的社长之路慢慢走上了正轨。某天，我正在附近的小酒吧小酌一杯，老板娘告诉我新来了一个女招待。

我疑惑地想着怎么会有女人到这种乡下地方当女招待呢，与她打过招呼之后，发现这女人似乎还有些面善。

我们靠在吧台前面，一边喝酒一边谈天说地。然后我才得知，这位名叫贵子的女性原来是我的小学同学。小学毕业之后因为双亲的缘故搬去了外地，中学之后一直在名古屋生活，五年前才又回到了这个小镇。

她的事，我多多少少还记得一些。令我最为印象最深的是，课间休息时她都不和别人一同玩耍，一直是一个人静静地待在图书馆里看书。我注视着她调酒时的侧颜，依稀还带着几分以前的影子。

贵子在三十岁时结了婚，第二年生了一个男孩。但这个孩子被诊断出患有先天性的脑部障碍，她的丈夫得知此事后，没过多久就扔下他们母子二人离家出走了……对贵子的丈夫来说，比起夫妇两人共同支撑困难的家庭，自己实现当职业摄影家的梦想显然更加重要，所以他毅然决然地割断了与家人的羁绊。

我不想知道抛妻弃子的男人都在想什么，不过他能娶贵子为妻，说明还是挺有眼光的。贵子的内在气质让她的一举一动都展示出非凡的风采，我不知不觉当中就被她深深地吸引了。

我每周都要跑几次小酒吧，找贵子喝酒聊天。接触了一段时间之后，贵子渐渐地对我敞开了心扉，向我倾诉了一些比较私人的事情。

五岁的儿子祥太郎，成长速度比同龄的孩子慢了许多，他到现在连话都说不好，在幼儿园也没法和其他小朋友一起好好地玩耍，老师对他十分头痛的样子。

我这才意识到，贵子现在一定过着我无法想象的艰难日子吧。

她还告诉我，她的梦想就是开一间料理教室，为了筹集资金才到酒吧里当女招待。如果儿子成年之后也不能融入社会的话，就让他跟在自己身边学习料理，取得厨师资格后就可以跟自己一起工作了。为了实现和儿子一起工作的梦想，她咬紧牙关忍受着来自醉鬼客人的骚扰，一直坚持在酒吧里打工赚钱。

眼中闪耀着光芒，沉醉地倾诉着自己梦想的贵子，深深地俘虏了我的心。因为有着小学同学的情谊，所以我提出可以为她提供经济上的支援，帮助她实现自己的梦想。但是她强烈表示要靠自己的努力来实现梦想，所以很干脆地拒绝了我的援助。

一年之后，贵子终于准备好了开设料理教室的启动资金，她找上了我，想请我物色一套面积不大的单间公寓。

我根据她提供的预算和要求，给她推荐了一套八叠大小的单间公寓。

贵子对这套公寓非常满意，她的儿子祥太郎也在屋里兴奋地跑来跑去。祥太郎跑到我身边的时候，对我做出一个"万岁"的手势。见我没有反应，又扯住我裤子的一角，反复做了好几次"万岁"的手势。

难道，是想让我跟他玩"举高高"游戏吗？

我从来没抱过小孩子，只能依葫芦画瓢把手伸进祥太郎的腋下，然后抓住他的身体，慢慢地把他举过我的头顶。渐渐靠近天花板的祥太郎露出了笑容，不停地说着"更高、更高"。然后我一鼓作气把他举到了最高的地方，祥太郎开心得不得了，更加大声地说"更高、更高"。

我记得那种难以言喻的感情。那是一种疼爱、怜惜，不不，是一种用言语无法表述的感情。这种充溢着心房的感情，到底是什么呢。

这种突然而至的感情，也许就是所谓的父爱吧。我竟会对着初次相见的少年产生这样的感情。

在一旁的贵子，注视着祥太郎发自内心的笑脸，也露出了幸福的微笑。

在签订合同的期间，我有了很多与这对母子接触的机会。每次祥太郎看到我，都会对我做"万岁"的手势，然后我们就一起玩举高高的游戏。初次见面时那种不可思议的感情，就这样不断地积累增长下去，这时我心里产生了一种强烈的想法，我想让这个孩子更加开心……我想要保护这对母子！

半年之后，我终于正式向贵子求了婚。贵子对我的感情将信将疑，她非常不安地对我说："我害怕再次被重要的人抛下……"无论如何，她已经把我看作是"重要的人"，单单是这一点就让我非常感动了。在我不懈的努力之下，贵子终于化解了心中的不安，与我结成了夫妻。

根据贵子的希望，我们在亲友之间举行了一场小型婚礼。

搞不清楚状况的祥太郎无法适应严肃的仪式，婚礼进行到一半时就哭了起来。

我们早早地结束了婚礼，三人一起去了之前经常游玩的公园。我并不拘泥家庭的形式，现在，就在这个瞬间，对我来说就是一个无法取代的幸福时刻。在郁郁葱葱的草地上，我们大口咀嚼着贵子特制的三明治，和祥太郎玩耍的时候，我用尽全力将他高高地举过头顶。

头顶的祥太郎指着天空说："我也是三明治。"我问贵子这是什么意思，她说祥太郎是把夹在蓝色天空和绿色草地间的自己，想象成了三明治的样子。祥太郎咯咯地笑着，嘴里一直嚷着："三明治！三明治！"

不知何时起，祥太郎开始叫我"爸比"。贵子说，这是因为他喜欢的动画里的主人公，也是这么叫自己的父亲。在祥太郎为数不多的语言中，自己竟然也占有了一席之地，我对这件事感到非常自豪。

不过，也有一件事令我耿耿于怀。那就是祥太郎把亲生父亲留下来的相机寸步不离地挂在自己的脖子上。立志成为职业摄影家的贵子的前夫，在离家出走的时候，把之前用于练习摄影的一次性相机留在了家里，不知是因为有了新相机所以不需要了，还是想给儿子留下一点纪念。总之祥太郎一直把这个相机挂在脖子上，连去幼儿园的时候也带着。虽然祥太郎对亲生父亲的回忆不多，但那些温暖依然深深烙印在他的脑海里吧。对于祥太郎的亲生父亲，我多多少少带着些嫉妒的情绪。

虽然有点小情绪，但我们三人一起生活的日子还是幸福美满的。只不过祥太郎比一般小孩发育缓慢的迹象，随着年龄增长越发的明显。上小学的时候，虽然已经学会集体生活的基本用语，但是还是无法跟其他小朋友共同行动，升入高年级之后，数学计算等学习内容怎么也学不会。因为无法在教室里老老实实地坐着，所以跟不上学校的学习进度。在普通班级待不下去之后，就只好到特别教室里去接受指导。就算如此，祥太郎也很难融入周围的环境，跟其他小孩子打成一片，在那之后，祥太郎渐渐地就不去学校了。

后来有一天，祥太郎捡到了一只小猫。

我有过因宠物死去伤心难过的经历，觉得祥太郎无法承受这样的痛苦，所以不准他饲养宠物，让他把小猫放回原处去。

老实的祥太郎听从了我的话，将小猫放回原来的地方。但几天之后，那只小猫就被过路的车辆给碾死了……

祥太郎虽然不能理解死亡的意义，但是看到小猫凄惨的尸体之后，他深深地陷入悲伤之中，好几天都没从房间里出来。

我对没有让他饲养小猫这件事很后悔。原本可以挽救的生命就这样消失了，还让祥太郎受到了这样严重的打击。

之后，为了让闭门不出的祥太郎有一个玩耍的伙伴，我在家里养了一只狗。我想让那孩子再次展露笑颜……就像贵子一样，我希望祥太郎也能怀抱梦想而活下去。带着这样的期盼，我将小狗命名为"小梦"。

和贵子结婚已经十年了，祥太郎今年也已经满十六岁了。一般孩子的话已经上高一了，但是祥太郎还是跟以前一样，没有去上学。

唯一值得欣慰的是，祥太郎就像贵子所希望的那样，对料理产生了很大的兴趣。

不会写字也不会读书的祥太郎，一直在母亲的身后观摩着母亲的工作，也在不知不觉中学会了料理制作的基础手法和顺序。

对于祥太郎学会料理一事，贵子打心眼里感到高兴。就这样贵子的料理教室的规模越做越大，教学的地区已经扩大了到以前的五倍大小。前来学习的学生也逐年增加，贵子每天都在工作场所辛勤地工作着。

与她相反，因为我把工作都交给公司员工处理了，所以很多时候都是无所事事的，结果我就整日泡在弹珠店里打发时间。

今天，我也如往常一般去了弹珠店，看到正在打扫卫生的店员五郎。这人平时只会坐在椅子上抽烟，今天却好像变了个人似的在认真工作。

"哟，五郎，又在偷懒？"

"啊，这不是门仓先生吗？我可没在偷懒。别看我这样，姑且也算是店长候补人选了。说起来，刚刚弓子小姐才带着门仓先生的狗出去散步了。您既然有空到这里玩，不如自己带着去散步嘛。"

"笨蛋，我自己去的话，那个老太婆怎么赚到打小钢珠的钱。不这样做，你们这种小店早就垮掉了。"

我用玩笑话回应他。因为想和他多聊几句，就买了常喝的咖啡坐到椅子上。随后又拿起弓子制作的"寻亲笔记"顺手翻了起来，当看到一张新贴上去的照片之后，我的心跳突然漏了一拍。

这是一张陷入水桶里的小猫抬头仰望的照片。我并不是吃惊照片的内容，而是吃惊照片的拍摄者——看到贴纸的一瞬间我就知道这是祥太郎贴上去的。因为这是祥太郎一直挂在脖子上的相机拍出来的照片。

他的亲生父亲留下来的这台相机，是即拍即得的便利式相机，这种相机使用的专用相纸在世面上已经很少见了。虽然相机已经修理了好几次，但祥太郎还是爱不释手地用着，这种相机成像的照片很有特点，一眼就能认出是祥太郎用那台相机拍摄的。而且粘照片所用的贴纸，也是祥太郎平时喜欢贴在电视遥控器上的那种。

就算如此，为什么照片上是这样残忍的画面……难道这只小猫是祥太郎放进去的？这孩子明明从小都没欺凌过小动物……

我不想让祥太郎做出这种会产生罪恶感的事情。不管他做这件事的时候有没有恶意，就这么置若罔闻的话，这只小猫一定会死掉的。如果当他再次回到那里，发现水桶中的小猫已经断气了的话，说不定会像以前被碾死的小猫那一次一样，再次封闭自己的心灵。

总而言之，必须赶快去救出这只小猫……

"喂喂，五郎，这个照片为什么没写在哪里拍的？"

我尽量做出一副心平气和的样子，向五郎问道。

"是啊，到底在什么地方、怎么掉进去的，这些都不清楚呢。还有其他两张照片也夹在里面，不过以此为线索，弓子小姐和宏梦已经去找那只小猫了。对了，门仓先生家的小梦也在一起。"

"小梦也在一起？"

"嗯，照片上好像沾着猫的气味，刚才小梦一直嗅来嗅去的，他们觉得也许能靠小梦灵敏的嗅觉把小猫找出来，就去杂树丛那边找去了。"

"杂树丛……是车站那边的吗？"

"是的，就是那个垃圾堆成小山的杂树丛。"

"……"

"门仓先生，你很在意这只小猫吗？"

"不，没有……我只是觉得它很可怜。"

根据五郎的说法，小猫所在的地方就在车站那边的土地上，那里有一片杂树丛。就是在成为垃圾山之前，我经常带祥太郎去玩的那个地方。在祥太郎还在上小学的时候，他在那里建了一个"秘密基地"，很喜欢在那里玩耍。

如果宏梦和弓子找到小猫，一定会顺藤摸瓜找出犯人吧。我一定要赶在他们之前，阻止事态发展成这样。

趁我还活着的时候，我必须要教会祥太郎分辨是非善恶才行……如果我有足够的时间，我一定能让祥太郎理解这些的。但是，我已经命不久矣……我还能利用的时间，已经所剩无几了。

上个月，在社员的劝说下我去接受了全身检查。结果发现体内很多地方长出了肿瘤，是某种癌症的发病症状。我体内的这些肿瘤，以现在的医疗技术水平是无法医治的。

我这个身体从小到大连感冒都没有得过，怎么会突然患上不治之症？我反复跟医生确认，是不是跟其他人的病历搞混了，但是每次对方都给我肯定的回答。

我回顾了自己短短五十二年的人生，发现这样下去是不行的。公司要让谁来继承呢？让祥太郎来继承公司是不太可能的。当我面对这个现状时，说实话我对祥太郎感到非常的焦虑。

说起来，祥太郎真的能理解我的死亡吗？对他而言，大概就是"一个平时在身边的叔叔突然就消失不见了"的事情吧。不不，这些都算了，要留下连东西都不会买的祥太郎一个人在世间，这是比公司没有人继承更加令我担忧的事情。对贵子，我抱着同样的忧虑。我向她求婚的时候，她就说过非常害怕再次被重要的人抛下，但我却让这种事再次上演了，一想到以后会发生的事，我就愧疚不已。然而我不能因为害怕就一味地逃避，我必须接受自己已经无法保护家人的这个残酷现实。

辛苦打拼出来的公司，与家人们的羁绊……无论有形的还是无形的事物，一个都留不下来，我这一辈子，到底有什么意思？

注视着小猫的照片，我突然产生了一股强烈的空虚感。

至少，我要保护祥太郎的人生不要走到错误的轨道上去。

现在我能做到的事，也只有不让这个孩子背负上罪行了……这只是理所当然的"小常识"，但是作为那个孩子的父亲，我现在的首要之急就是救出被困的小猫。

我一口气喝完了罐里的咖啡，把笔记本放回椅子上。

"我走了，小五郎好好工作。"

"哎？您要回去了吗？不才刚到吗？"

"算了，我好歹也是个社长，偶尔也要工作的。"

"偶尔……好吧，您一路走好。"

我尽量保持自然的态度，然后迅速地坐上了轿车。

*

事故发生一周后。

门仓幸运的只是左脚趾骨折，所以已经回家疗养了。听到这件事之后，我就和宏梦约好一起去他家里探病。

门仓在转弯处却没有踩刹车的原因，果然如护士小姐说，是因为放在车内的小猫到处攀爬，最后钻到了刹车板的下面，所以门仓当时没有踩下刹车。

至于最重要的"为什么门仓会保护一只小猫？"祥太郎的母亲向我们解释了其中的缘由。而当我们告诉她，祥太郎并不是因为恶作剧才把小猫放进水桶之后，作为母亲的贵子抚着胸口终于松了一口气，表示她会向门仓转达这件事。

门仓在事故之后，立刻进行了肿瘤治疗的大手术，不单要处理外部的伤口，还要修补体内破裂出血的肿瘤。留在医院的小猫虽然只是轻伤，但是因为身体比较虚弱，所以就被弓子领回去细心照看。

我们在闪亮华丽的玄关处脱了鞋，被贵子带进了门仓的房间。房间内也装饰着各种名贵的艺术品，这让我们不禁有些紧张。

门仓躺在大床上，而床的另一侧，祥太郎正和小梦亲昵地玩耍。

"哟，祥太郎。"

宏梦用平时的调调向祥太郎打了招呼，祥太郎也依葫芦画瓢地回应了他。看来宏梦不知何时教会了他这种打招呼的方式。

"哟。"有些憔悴的门仓也学着祥太郎的样子，开朗地对着我们挥了挥手。随后他的脸色又沉了下去。

"不好意思啊，把你们也卷进来了。"

似乎是为了安慰怯弱的门仓，宏梦毫不介意地说："你不是杀也杀不死的社长吗？怎么会被这点病痛给打倒呢？"门仓没有因为这句话振作起来，反而继续说着泄气话。

"我这一辈子,到底算什么啊?"

认识门仓已经三年了,我还是第一次看到他这么沮丧的样子。

"门仓先生,问我'你究竟为什么而活着'的人可是你啊,你现在怎么能说丧气话呢?你这个问题可是狠狠地甩了我一巴掌啊。"

"是吗?我说过这种话啊。我还真是装模作样啊,不好意思……"

"不不,我反倒是很感谢你呢。如果没有被门仓先生这样质问,我根本就不会鼓起勇气去直面'我究竟要为何而活着'这个问题。以前的我只会消极地抱怨,我为什么要被生下来呢之类的,从来不会认真思考现在活着的意义。"

"你能这么说,我真是很欣慰啊。不过,我现在还是很纠结,我这辈子到底都干了些什么啊。没有办法让祥太郎继承我的公司,也没有办法跟他留下父子之间的羁绊……我唯一能留下来的,也只有花掉就消失不见的金钱了。"

我的眼前似乎出现了,面对着死亡的门仓,正一个人在悲伤的深渊中苦苦挣扎的模样。怎样才能把彻底否认自己人生意义的门仓，从深渊中拯救出来呢……就连平日里一直吊儿郎当的宏梦，此时也只是默默地站在一旁。

似乎是受不了房间里沉重的气氛，祥太郎突然一个人跑了出去。然而几分钟之后，他左手抱着个大纸袋右手提着个小纸袋，蹦蹦跳跳地回到了房里。

祥太郎对缠着自己的小梦说："你等等哦。"然后走到门仓跟前，把大的方形纸袋交到他手上，然后说道：

"爸比，你要去天国了吗？"

我们被这句话吓出了一身冷汗，祥太郎毫不犹豫地按下了我们避之不及的开关。然而门仓却冷静又温柔地回复道："是啊，没错。"听到回答后，祥太郎继续说着：

"妈妈告诉我，爸比，要从社长这个工作毕业了。她还说在大国，就不用继续工作了。死并不是悲伤的事。所以我给爸比做了这个东西。"

门仓从祥太郎递过来的大纸袋中，拿出了一本像相册一样的东西。在这个有二十厘米厚的相册封面上,写着"毕业相册"几个字。

翻开这本祥太郎亲手制作的相册后,门仓立刻咬住了有些颤抖的嘴唇:"这是……"在相册的第一页上,赫然写着几个歪歪扭扭的大字:

"恭喜社长毕业"。

门仓连忙问祥太郎:"这是你自己写的吗?"祥太郎点头回答道:"是呀,是宏梦教我写的。"

我和门仓都将视线集中在宏梦身上,他开玩笑似的对我们摆出了胜利的手势:"我可是万事屋啊。"我脑中突然闪出一个念头,急忙问道:

"宏梦,虽然我觉你得不会这么干,难道……你找祥太郎要报酬了?"

"嗯?我怎么会干这种事呢?不过,正确地说,我打算从现在开始要。"

宏梦向祥太郎看去:"对吧?"听到这句话的祥太郎,立刻将手中的小纸袋交到了宏梦手里。

"多谢惠顾!"宏梦理所当然地接下来,从里面掏出了他所说的"报酬"。然而这个报酬并不是金钱,只是一份用保鲜膜包着的三明治。宏梦迫不及待地咬了一大口,塞得满嘴都是,然后含糊不清地赞扬道:"真好吃,祥太郎是天才!"他分了一块三明治递给门仓,真心实意地对他说道:

"社长,你有一个能做出这么好吃的东西的儿子,怎么能尽说丧气话呢。这是夫人最擅长的食物吧?祥太郎他可是好好地继承了父母的梦想啊。就算不能继承公司,不是也已经继承了更重要的东西了吗?"

门仓接过宏梦递过来的三明治,小小地咬了一口,不由得发出了感慨:"好吃……"

吃完了手里的三明治之后,他又开始翻起祥太郎亲手制作的相册。

相册中不单收集了很多照片,还贴着祥太郎喜欢的贴纸,另外还有很多祥太郎用彩色铅笔画出的涂鸦。自门仓和祥太郎成为家人以来,这十年之间的回忆,都满满地塞在这本相册里。

既有门仓面带微笑的照片,也有母亲做的料理的照片,有父母两人背影的照片，还有小梦睡觉的照片，就连平时散步的街道的照片也在其中。而数量最多的，则是在公园里拍摄的照片。

从这些在蓝天绿草的公园中拍摄的照片上，无论是谁都能强烈地感受到，对祥太郎来说，与自己一同玩耍的门仓就是"无可替代的父亲"。

也许祥太郎把亲生父亲的照相机寸步不离地带在身边，并不是因为这是亲生父亲的遗留物，而是因为他想通过这个照相机留下各种各样宝贵的"回忆"。

祥太郎在无意识当中，把这些照片作为传达自己想法的中介物品。这些照片对祥太郎而言，仿佛就是语言一样的存在。

祥太郎又朝门仓靠近了一些，指着其中一张照片说道：

"我啊，最喜欢这一张。"

这是一张在公寓的狭小房间里，祥太郎拉着门仓跟自己一起玩举高高的照片。这应该是祥太郎的母亲给他们拍摄的吧。在这张照片上的祥太郎和门仓，都露出了最为美好的笑容。

翻着自己亲手制作的相册，祥太郎突然冒出这样一句话。

"爸比,就算你从社长毕业了,你也不能从'爸爸'毕业啊。就算你去了天国,也一定要继续当'爸比'啊。"

门仓转过身背对着我们,肩膀微微颤动了一会儿。

就算祥太郎无法理解"死亡"的意义,就算知道父亲会离开自己,但是他依然坚信无论父亲身在何处,都会一如既往地关爱着自己。对祥太郎来说,无论遭遇怎样的困境,门仓那无可替代的父爱都会化作心灵的武器,温柔地保护着他,让他勇敢地向前迈进。

门仓再次躺下来的时候,突然响起了"咚咚"的敲门声。

门仓说了一声"进来",抱着小猫的弓子就推门进来了。

"啊呀,社长,您还挺精神的嘛。"

弓子那爽朗的声音,立刻将房间里压抑的气氛一扫而空。

当她把小猫放进祥太郎的怀中时,也许是闻到了陌生来客的气味,小梦探头探脑地朝小猫靠了过来。

"小梦,你要乖乖的哦。"

似乎是听从了祥太郎的温柔告诫,小梦开始轻轻地舔着祥太郎怀里的小猫。祥太郎小心翼翼地把小猫放到小梦的身边,小猫完全不害怕陌生的小梦,反而对它一见倾心,它像撒娇一般喵喵地叫了起来。随后在我们所有人的眼前,发生了更加令人吃惊的一幕。

那就是,小猫居然吸住了小梦的乳头!它用两只前爪在小梦的腹部前后抓揉着,小口小口地吮吸着小梦的奶水。而这个动作,正是小猫向母猫撒娇时的行为。

虽然听过不少母狗给小猫哺乳的事,但是亲眼所见还是第一次。弓子看着眼前的情景激动地说:

"小梦……这是疑似妊娠了吧。"

"疑似……妊娠?"祥太郎不解地望着弓子。

所谓的疑似妊娠,是指动物由于脑中的假想,让身体产生了妊娠的错觉,身体便模拟出了类似妊娠期间的一系列反应。小梦把初次见面的小猫当成自己的孩子,大脑中发出了"成为母亲"的信号,接收到信号的身体竟然真的产出了母乳。

门仓幸福地看着给小猫喂奶的小梦,又对祥太郎说道:

"祥太郎,我第一次看到你的时候,也打心眼里觉得你就是我的孩子。"

"第一次看到我的时候?"

"是啊,那天你母亲为了开料理教室,带着你一起来看租借的公寓。看着倾诉自己梦想的贵子,和一旁开心玩耍的你,我本能地生出了想要守护你们的念头。这不是借口,我是真心真意想和你们成为一家人。所以,谢谢你们……实现了我的梦想。祥太郎,真的谢谢你……成为我的孩子……"

门仓伸出手,将祥太郎抱进怀里,用力地、紧紧地抱着他。

所谓家人之间的羁绊,也许并不是指血缘关系,而是指彼此在悲伤和懦弱的时候相互支撑、相互安慰,可以携手共进人生道路的心情,正是这份心情,成为了紧紧联系着家人彼此之间的羁绊。

注视那对相拥的父子,宏梦露出一丝羡慕的神色。从小在孤儿院长大的宏梦,他心中的空洞,会不会因为这对父子间的羁绊之情多多少少补上一些呢……跟宏梦一样被母亲抛弃的我,其实也在心中的空洞里,填上了一份他们温暖的羁绊之情。

也许,这闪闪发光的羁绊的碎片,也存在于我们每个人手中吧……

如果每个人，都交出了属于自己的羁绊的碎片，那一定会散发出任何宝石也无法比拟的，世界上独一无二的光芒吧……那些聚集在身边的羁绊的碎片，既有家人之间的光芒，也有朋友之间的光芒，这些色彩各异的灿烂光芒，一定会成为自己人生中珍贵的宝物。

就在我们眼前，成为一家人的小梦和小猫相互偎依着身体，它们之间的羁绊正散发着温暖的光芒。喝饱了奶水的小猫软软地靠着小梦的肚子，呼噜呼噜地睡了起来。说不定，小家伙在正做着蹦蹦跳跳追赶狗妈妈的美梦吧。尽管小梦的奶水是疑似妊娠产生的，也许并不是真正的母乳，但是这对小猫来说都不重要。只要它们对彼此的需求是真实的，它们就可以结成新的羁绊。因为最重要的事，是在这个瞬间的自己应该怎样生存下去……

——两个月之后——

被称为镇上首富的门仓，在镇上举行了盛大的葬礼。

而门仓的公司，则交给在东京经营建筑公司的弟弟来继承。据弓子说，与豪爽粗犷的门仓不同，门仓的弟弟是一个谨慎细致的人，她很期待公司交到他手上之后可以焕发新生。

无论以怎样的形式延续下去，门仓精心守护着的家人之间的羁绊，一定不会改变吧。

我们从门仓的这份父子深情中，感受到了活下去的力量。

而在门仓最喜欢玩的那台老虎机上，依然摆放着门仓平常最爱喝的咖啡和爱抽的香烟。

他一直被这个镇上的人，被他的家人爱护着。而我们，也一直被他所爱护着……

转眼之间已经是深秋了，在休息室窗外的各种树木，也纷纷染上了各种颜色。

我抬眼遥望窗外，这会儿应该是弓子带着小梦散步的时候了吧……想着想着，事务所的座机突然响了起来。

我拿起了话筒，原来是隔壁镇上的一家"猫咪咖啡店"打来的。

对方似乎是看到了放在店里的"寻亲笔记"，想我们让几只猫给他们。

我心里抱怨着店里怎么变成咨询台了，然后告诉对方请与弓子直接联系，确认了对方的联系电话之后，我放下了话筒。

就在这时，窗外传来了弓子的呼唤声："小五郎——"

我慢悠悠地走下了楼梯，那时的我还不知道，这个电话将成为弓子人生重要转折点的第一步。

第三话　透明的起跑线

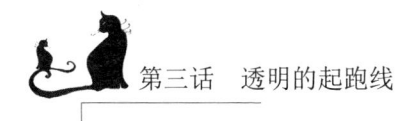

我从休息室走出来，径直去了店头，弓子正在那里给咪咪喂食。她每天带着散步的名犬小梦，也规规矩矩地坐在她的脚边。

门仓过世之后，弓子仍然继续干着这份工作，不过她已经把这个当作日行一善，不再收取报酬了。

"弓子小姐，刚才隔壁镇上的猫咪咖啡店打电话找你。"

小梦对我的声音有了反应，仰起了它呆呆的脸。

"隔壁镇的……猫咪咖啡店？"

"还有啊，这里什么时候变成动物保护的咨询台了？"

"哎呀呀，我没告诉你吗？我家那个老头子，就算接了电话也会忘得一干二净，上班的时候小五郎不是一直都在吗？所以我觉得留这里的电话也无妨嘛。"

我懒得跟她争论，就给她转述了电话的内容。

"咦？想要几只这里的猫……对方真是这样说的？"

"是的，我跟对方说请直接跟你联系，这样没关系吧？"

"可以的，可以的，真是谢谢你了小五郎。幸好做了那本'寻亲笔记'，现在终于起作用了。这样的机会更多一些，就能早日拯救那些可怜的动物了。"

弓子露出了十分欣喜的神情，双手抚摸着小梦的头，像是征求它的同意一样，歪头问道："对吧？"

我把猫咪咖啡店的联系方式交给了弓子。

弓子把小梦脖子上的绳子递到我手里，一边说着"帮我拿着"，一边迫不及待地掏出手机打电话。

寒暄了几句之后，弓子放下电话，将视线扫到我身上。

"小五郎啊，下班之后跟我一起去喝杯茶吧？"

我下班之后一般无所事事，弓子很清楚这一点，所以想要我跟她一同去猫咪咖啡店。

"可是今天……"

我绞尽脑汁也找不出拒绝的理由,只好咕哝道:"好吧,那晚上六点在这里等我。"得到肯定的回复之后,弓子就带着小梦继续散步了。

晚上六点,我找店长借来了车,载着弓子一起去了猫咪咖啡店。从门口的装潢来看,似乎是由一间普通民宅改建而成的咖啡店。我照着指示牌把车停到停车场,跟着弓子一起来到了咖啡店入口。入口处的招牌是手绘的,我按下了一旁的门铃,不一会对讲机里就传来了"您好,请进"的声音。

推开磨砂玻璃大门之后,眼前是一个500平方米左右的大厅,厅内均匀地摆放着五套古董样式的圆桌椅。

作为猫咪咖啡店主角的"猫",是以在外面到处活动的形式向客人展示的,这里似乎不是以喝茶为主的咖啡店。店里的猫都是轻松自在旁若无人的样子,有的在地上滚来滚去,有的在猫爬架和猫T台上爬来爬去。

"你们好，初次见面，请多关照。"

从大厅内侧走出来一位四十多岁的女性，亲切地向我们打招呼。正为可爱的猫咪兴奋不已的弓子，也满脸笑容地回应了她。

"真是不好意思，让你们专程跑一趟。不要客气，请到这边来坐。我去给你们倒茶。"

说完，这位女性店主又返回到内侧的房间里。

我们四下打量着，找了一处古董桌椅坐了下来。有几只猫摇摇摆摆地朝我们走来，弓子十分开心地一一抚摸它们。

过了一会儿，女性店主带着蓝莓的香气来到我们跟前。她把用手工制作的蓝莓红茶放在我们桌上，又把端茶的四角盘子收在胸前，然后开口说道：

"你们这么快就赶过来，我真是很开心。请问接电话的是哪位？"

"啊，是我。"

"原来是你呀，真是谢谢了。你一定很喜欢动物，才参加动物保护活动的吧。"

其实我很想告诉她，我是在四处生锈的弹珠店里接的电话，但为了弓子的面子，我只能把这话和红茶一起吞进了肚里。女性店长把盘子搁在桌上，又从口袋里掏出名片，给我和弓子一人递了一张。

弓子恭恭敬敬地接过了写着"店主　佐藤久美子"的名片，两人的谈话终于切入了正题。

"正如你们所见，本店的猫咪是放养的。虽然也有用玻璃隔离猫咪的咖啡店，但本店的经营方针是——不是让客人'观赏猫咪'，要让他们体会到'在家里与猫咪玩耍'的感觉，所以本店采取了放养的形式。"

听着佐藤的话，弓子不停地点头表示赞同，随后她又问道：

"但是放养的话，不会有客人对猫咪做出粗暴的行为吗？"

面对不安的弓子，佐藤微笑着做出了回答：

"当然，为了避免这种情况，本店完全是会员制的。这里只接待完全知根知底的客人，本店从未发生过一起猫咪被粗暴对待的事件。弓子小姐大可以放心，如果您愿意让我收养那些猫咪，我可以保证让它们在这里生活是非常安全的。"

弓子不由得颔首称赞："原来如此，那真是太好了。"佐藤又继续说了下去：

"本店虽然也有波斯猫、俄罗斯蓝猫这样有血统证明书的品种猫，但是也有被扔弃的家猫和临时保护的野猫。至于这些猫咪，如果有客人愿意饲养，经过我的考察之后，也会让他们领养的。"

弓子一脸严肃地盯着佐藤："佐藤小姐，能让我说一句吗？"

在对方回答了"请说"之后，弓子猛地站起身来，紧紧地握住佐藤的手，努力地将自己的热情传达给对方：

"佐藤小姐，我一直都在寻找你这样的人！你的这些活动真是太棒了，能和你这样的人相识，我……我真是太感动了！"

佐藤连忙站起身来，也用力地回握住了弓子的手。

"只要我能帮得上忙，也请让我加入弓子小姐今后的活动吧！"

意气相投的两人越谈越融洽，两人很快就达成了意向，决定将笔记本上的五只小猫送到这间猫咪咖啡店来。

然后，作为收养手续的惯例，佐藤询问了弓子的家庭情况。

"我的家人吗？我和丈夫还有女儿三人一起生活。"

"哎？弓子小姐有女儿吗？"

听到这里，我不由得打断了她们。

"是呀，今年刚刚满二十岁，不过这孩子身体不太好……因为平时不怎么出门,所以平时都在家里照顾小动物。"

"真是个好女孩呀。"佐藤一边夸奖着,一边在家人情况一栏里写下了"三人"。

简略地办完手续之后,弓子抚摸着一只猫的头说道:"那我们星期天再见了。"就在我们正打算离开的时候,磨砂玻璃门突然被推开,随后走进一位年轻的女性。

"哎呀,这不是玲美小姐吗?欢迎回来。"

佐藤店长对这位女性常客说的是"欢迎回来",而不是一般咖啡店的"欢迎光临",在这种小地方,就能看出她为营造咖啡店的温馨氛围下足了功夫。

佐藤向她说明了刚才商议的事情,女性常客听后点了点头。

"原来两位是从事动物保护活动的人啊。其实我家里也养着一只前几年捡到的三毛猫。有时候我回家会很晚,让它独自留在家好像很寂寞的样子……所以我经常把它带过来,和这里的猫咪们相亲,我想帮它找一个伴儿。"

她明朗的笑容,令现场的气氛更加活跃起来。

随后她又说了一些发生在那只三毛猫身上的奇妙事情。

"不过,我家的猫稍微有点与众不同呢……啊,它的名字叫'小公主',和普通的猫不同的是,它比人类还要善解人意呢。"

"比人类?"

我和弓子一同注视着美玲,提出了心中的困惑。

"比如说,我早上赖床的时候,它就会按平常的起床时间把我叫起来,当我生病卧床的时候,它就会轻轻地蹭我,用它的体温来温暖我的身体。只要有小公主在我身边,我就完全不会感到寂寞,这也许是我现在还独身的原因吧……不过我之前曾经离过一次婚。"

体态娇小纤细的玲美,是那种颇受男人青睐的类型,身着整洁套裙肩挂白色挎包的她,无论怎么看,都应该属于美人的范畴。

如果宏梦也在这里的话,一定会直言不讳地感叹:"这么个大美人还独身,真是太浪费了!"

说完不可思议的体验之后,美玲与我们打了个招呼,就跟其他猫咪玩耍去了。

我们便与佐藤店主继续之前的交流,约好再见时间之后,我们也离开了猫咪咖啡店。

*

"我回来了,老头子,你回来了吗?"

回家之后,我都会习惯性地站在五金店入口,朝着客厅里喊几声。

虽然我们经营着五金店,但收益仅够糊口而已,丈夫每周会抽几天去送报纸,回来的时间一般比我早一些。

丈夫正在厨房做着下酒小菜,我站在他背后,说起了今天白天发生的事:常去的弹珠店打来了电话,隔壁镇的猫咪咖啡店想收养小猫,我和小五郎一起过去看了看,最后决定把五只小猫都交给他们。

"啊,呵呵,这样啊。"听着丈夫偶尔回应的声音,我终于有了一种"今天已经结束"的感觉。

"老头子,偶尔也去下弹珠店吧,可以喘口气呀。"

"不,我就算了吧。我运气不如你好……菜做好了,一起吃吧。"

丈夫把生姜拌豆腐和解冻的毛豆放在矮圆桌上,又从冰箱里拿出了之前剩下的土豆炖牛肉和啤酒。

"这么说起来,青叶……给小猫喂食了吗?"

青叶是我们的女儿,今年就满二十岁了,但还是一副孩子心性,一看起漫画来就什么都顾不上,有时还会连着看上好几个小时。

"没事,她已经喂好了。"

"这样就行了。就算身体差了点儿,也不能一直像孩子一样照看她啊,再这样下去,以后就嫁不出去了。"

"这种事,到时候再说吧。青叶已经吃好了,我们也快点吃吧。"

虽然生活不太富裕,但是像这样晚上一边陪着丈夫喝酒,一边向他报告一天发生的事情,对我来说是最为幸福的时刻之一。动物保护活动也是,虽然他还没到出手帮忙的程度,但是非常理解和支持我的做法,对此我是非常感激的。

我咬了一口丈夫做的豆腐，又继续刚才的话题。

"那个佐藤小姐，她真的很厉害呢。在她的咖啡店里，不仅有血统证明的品种猫，还有一些弃猫和野猫呢。她也在为它们寻找合适的饲主呢。对了，我们拜托她一下，让青叶在那里工作怎么样？"

"不行吧，照顾动物的时候青叶突然发病怎么办，会给别人添麻烦的吧？"

"哎呀……你说得也没错，还是算了吧。说起来，我们还见到一位叫美玲的年轻女客人。她家的猫据说非常善解人意呢。"

"猫……善解人意？"

"是啊，早上会叫主人起床，生病的时候也会安慰主人，还会把手机叼到枕头边上来呢。真是太神奇了。"

"什么啊，听起来就像电视节目一样。"

"电视节目？"

"是啊，电视上不是经常介绍一些有特技的小动物吗？就像那只猫一样。"

"就，就是这个！老头子，你的提议真不错！让美玲的猫也上电视吧！顺便再介绍一下佐藤小姐的咖啡店，这样一来，说不定那些猫就更容易找到饲主了。"

"弓子……你说得也太轻松了,你要怎么让那只猫上电视呢?"

"我听说,宏梦打工的万事屋的那个社长,在电视台里有些熟人呢。吃完饭我就打电话去问问。"

"你还真是行动派啊。"

"哈哈,是这样吗?反正我现在充满了干劲,快吃吧,吃完我好干事。"

吃完晚饭之后,我立刻给宏梦打电话。宏梦知道后,就好像自己要上电视一样兴奋,一口答应会拜托社长找电视台商量。

几天之后,电视台那边通过宏梦给出了反馈。说是电视台,其实也就是地方上的一家小电视台,但是节目播放后的效果还是值得期待的。

电视台那边说,他们会考虑制作美玲家小猫的节目,也会附带介绍佐藤的猫咪咖啡店。这件事如果成功的话,佐藤本人和猫咪咖啡店都会提高不少知名度。

电视台也觉得那些人与猫咪互动的故事很有意思,想进一步了解情况。

为了联系上美玲,我第一时间给猫咪咖啡店打去电话。可巧的是美玲正在店里,我非常兴奋地说:"请让美玲小姐接电话!"然后就把希望她家小公主上电视的事情告诉了她。

然而美玲却作出了一个令我意外的回答。

"这个……恐怕不行……"
"为什么?"
"小公主又不是给人观赏的展示品,我不想让它做这样的事……"
"怎么会,并不是让它去做展示品啊……你看,上电视之后小公主说不定就能找到相亲对象了,佐藤小姐的动物保护活动也可以得到宣传,我觉得这并不是坏事啊,无论怎样都不行吗?"
"很感谢您的一片心意,但是……真的不行……"

美玲说完这句话之后,就挂掉了电话。
没想到这件事会让她这么难受,我不禁开始沮丧起来。
嘴里说着这是为了美玲,为了佐藤,其实我只是为了达到自己的目的，自私地利用了美玲的小猫吧。我的真正目的，是希望通过电视节目让那些小动物能尽快地找到饲主吧。我不停地反省自己，最后决定亲自上门给美玲道歉。

第二天一早，我向佐藤打听到了美玲的住址。我怕自己一个人会做出些失礼的事，就想找五郎一同前去。想到这一点，我就动身去了弹珠店。

*

今天门外居然没有"小五郎"的叫声，真是个宁静的下午……正当我这么想时，突然响起了敲门声，然后神色黯淡的弓子走了进来。

"怎么了？弓子小姐。"

"小五郎啊……其实，我想你陪我去一趟美玲的家。"

因为弓子一反常态，我就询问了事情的缘由。似乎是因为她的自作主张让对方生气了,所以想去登门道歉。看见弓子耷着肩膀,一脸懊悔的模样,我想了想,觉得自己多多少少也能帮上点忙吧,就答应了她的请求。

为了调查行驶路线,我在店里的电脑上输入了美玲家的地址,然而屏幕上显示的结果,却是一块离住宅区非常遥远的空地。

"这……这到底是……怎么回事?"
"我才想问你呢!"

束手无策的我们,只好向拥有各种情报的宏梦求助。不久之后,我们三人就围在了事务所的桌子边上。

宏梦洋洋得意地坐在沙发上,事无巨细地打听美玲的情况。

"那个叫美玲的人,在做什么工作?"
"听佐藤小姐说,好像在做设计方面的事……"
"设计方面?具体是?"
"不太清楚呢……只是偶尔听到佐藤小姐说了一些,那些词我都不太懂。总之她是自由职业者,有客人来咨询的话她就会亲自上门的样子……"

"有客人来咨询？"

宏梦抓住话中的重点，跟弓子再次确认。

"这样的话，通过一点点手段，就可以增加与她联系的可能性了。"

说完之后，宏梦来到电脑前，敲入了"设计、藤井美玲、自由职业者"等关键词开始进行搜索。他在结果页面中一点一点地搜寻，同时不断地调整着关键词，最后，一个看起来非常接近关键词的页面弹了出来。

"喂！是不是这个？"

宏梦所指的，是一个标题为"纪念品设计者 藤井美玲的网站"的页面。试着点击那个标题之后，带着优雅笑容的美玲的照片就显示了出来。

"就是她，没错。在咖啡店遇到的那位美玲小姐！"

"bingo！"宏梦对我们作出了一个胜利的手势。

美玲似乎是根据动物的照片制造绒毛玩偶的造型设计师，她的客人中有很多是来复原死去的爱宠的。在顾客感想一栏里，写着很多像"就像XX复活一样了!""每天都被治愈了!""等了这么久真是太值得了!"之类饱含感激之情的评语。网站上放着一些她的作品的照片,这些作品的完成度非常高,令我们惊叹不已。美玲制作的这些玩偶,从毛发的颜色到脸上的表情,都活灵活现地再现了那些动物,就像给玩偶注入了生命一般栩栩如生。

"这个人好厉害啊……"宏梦对美玲的才能大为惊叹。

随后,我们在概要里找到了一排用小号字写的真实住址。"我们现在就出发吧!"宏梦兴冲冲地说道。"你犯什么傻呢?"虽然我提出反对,但是弓子却赞同宏梦的提议,她说:"就这样做吧,如果提前打电话询问,也许对方反而不会让我们去了……我们就这样直接去拜访吧。"

美玲的住宅兼工作室所在的地方,是比猫咖啡店所在的琦玉县还要过去一些的茨城县的边界。那种地方四处都是田间小道,连个清楚一点的路标都没有,要花三四十分钟才到得了目的地。

我们开着店长的车,很快来到地址附近的地区。但这里竟然连个街灯都没有,说难听点儿还真有点毛骨悚然的感觉。太阳已经开始下山了，如果不快点找到美玲家，就完全看不清前面的路了。

"这种地方真的有人住吗？"

宏梦的抱怨道出了所有人的心声。

我们继续朝前行驶了一会，终于在地址所指的地方看到了一栋孤零零的小平房。门口的姓名栏上写着"藤井"的字样。

"美玲小姐也才二十来岁吧，这么年轻漂亮的人居然一个人住在这种地方？"

宏梦有这样的疑问也是理所当然的。在路灯都没有的昏暗无光的地方一个人生活，到底是曾经经历过什么样的事情啊。而且这里也没有像普通公寓那样的防盗设备，什么时候被小偷光临了也不足为奇。

总而言之我们先在小平房的周围停好了车，拔掉车钥匙后便朝玄关的方向走了过去，就在这时，在房子侧面的窗户上透出了一个人影。

那是一名女性，把头发扎成一股盘在头上，正俯身在类似工作台的桌子上制作着玩偶一样的东西。

"好像是美玲小姐呢……"

这里果然是美玲的家。但是似乎没有其他同居人的迹象,她真是一个人在这里生活?

"真是的,好像在偷窥一样,快走吧。"被宏梦一说,停下脚步的我们便继续朝前走去。当走到标着"藤井"字样的玄关处时,我们发现了一台小小的三轮车。看起来还非常新,颜色是粉红色的。

就在我们纷纷猜疑三轮车的来历的时候,弓子伸手按下了门铃。

"来了,请问是哪位?"声音由远及近地传过来,玄关口的灯亮了起来,和式拉门也被慢慢推开。

"弓……子小姐?还有五郎先生和……您是?"

"你好你好!我是万事屋的宏梦!"

宏梦的声音有些不自然,他一边打招呼一边摆出敬礼的手势。

面对我们这群满怀不安和疑惑的不速之客,美玲没有露出丝毫的不悦,反而礼貌地招待我们进屋。

刚踏进玄关，弓子就低下头对美玲说："前几天，做了些对你很失礼的事，真是不好意思。"美玲微笑着回应："没关系的，真的没什么。"

"请您千万不要介意。反倒是我，明知您是一番好意还那样拒绝您。说起来，真亏你们能找到这里。我这里实在太偏僻了，因为觉得难以启齿，所以就对猫咪咖啡店的佐藤小姐谎称住在城里。哎呀，难得你们来一趟，我去给你们倒茶吧，请进请进。"

美玲并不像弓子想的那样对之前的事耿耿于怀，这样一来，弓子也大可以放心了吧。我欣慰地想着，和弓子他们一起跟随美玲进了屋内。

房间内收拾得十分整洁，虽然空间不大，但是环境十分舒适。四叠半的厨房中放置着一张一人用的方形小桌，兼做工作室的卧室里则堆满了大大小小的半成品。

宏梦走到工作室门前停下来，盯着那些栩栩如生的玩偶由衷地感慨道："好厉害啊！"眼前的这些玩偶，看起来竟然比照片上的还要真实一些。见我们都停在门前，美玲问道："怎么了？"眼睛黏在玩偶上移不开的宏梦，向她提出了自己的疑惑：

"这些作品真是太厉害了。做一个要花多少时间啊?"

面对这个有些幼稚的问题,美玲露出了包容又温柔的笑容:

"谢谢。我还是第一次被人这样夸奖呢,真是好开心。一个作品从构思到完成,大概要一周吧。如果是比较复杂的设计,就要两周以上了。看到客人的笑容就是我最大的幸福,所以一旦工作起来我就会全心全意地投入进去。而且……"

"而且?"

"有很多客人因为失去了心爱的宠物,一直沉浸在悲痛当中,所以才会拜托我制作宠物的玩偶。为了能让他们稍稍打起精神,我在工作上绝对不会偷工减料,我会努力想象着这些宠物生前的叫声,或是跟主人一起玩耍时的情形,尽量复原出它们生前的样子,比如用什么布料表现什么样的质感,像这些细节我都会特别注意的。"

从美玲的话中,我们看到了她心中所蕴藏的那份纯粹的信念,而这份信念也洗涤了我们的心灵。不为金钱,也不为名利,只为安抚伤痛之人而努力投身工作的美玲,一定是位拥有着美丽内心的人。

说完之后,美玲又将我们领到一间铺着白色毛毯的小房间中,这间屋子同样被布置得井井有条，这个只有2DK[1]的平房，在这位女性随意的分割设计之下，竟营造出了这般舒适的氛围。

在高度只到膝盖的矮桌下面，我们看到了那只名叫小公主的猫，它蜷着身体在角落里安静地睡着。

"难得你们来一次，真是不好意思啊。今天小公主的身体状态不好……平时都是很有精神的呢。"

美玲露出了灿烂的笑容，然而我们眼中却是另一幅悲伤的场景。

那只蜷着身体睡觉的三毛猫小公主……不不，这个小公主，其实只是一个与真正的三毛猫非常相似的玩偶。

美玲把这个玩偶当作真正的猫咪小公主介绍给我们，对此，我们只有默默地接受。但是，从与玩偶亲昵交谈的美玲她的脸上看不出丝毫欺骗我们的意图，相反，还洋溢着十分真实的幸福感。

实在看不下去的宏梦，深深地吸了一口气，开口说道：

"那个……只是一个玩偶吧？"

我和弓子不由得面面相觑，对他贸然踏入别人的心灵禁地的行

---

[1] D指Dining（餐厅），K指Kitchen（厨房）。2DK指卧室和客厅各一间，另有一间兼做餐厅的厨房。

为十分惊讶。但美玲对这句话没有做出任何反应，只是留下一句"我去泡茶"之后便去了厨房。

趁着这个空当，我们埋头商议如何处理眼前的状况。

宏梦说我们应该先赶紧走，但是被弓子一口反驳："难道就不能留下来陪她演演戏吗？"我对眼前的状况束手无策，结果只好默默地听他们争论。过了一会儿，美玲端着茶从厨房走了出来，弓子就对美玲这样说道：

"说起来啊，美玲小姐还在帮小公主找相亲对象吧？"

"啊啊，是啊。但是小公主很胆小，让它和其他猫一起生活我有点担心……"

"我有个认识的人最近要去国外了，他养的那只猫非常温顺，但是没法一起带过去……因为是自己从小到大精心养育的孩子，所以非常希望给它找一个好归属，能不能让小公主跟它见一见呢？"

"又在多管闲事了。"宏梦低声抱怨着，一口气喝掉美玲倒来的茶水。但是我不觉得弓子这是多管闲事。她是想让美玲养上一只真正的猫，将谎言渐渐过渡到现实中去。

听到弓子的话，美玲的笑容凝固在脸上，颤抖着发出一些低语。因为听不清内容，我们就问她："美玲小姐，你在说什么？"

"给我回去……"

美玲突然扬起头来,眼中涌出晶莹的泪珠,伤心欲绝地哭了起来,我还是第一次看到哭得这么难过的人。

我们再也不敢多说什么,只好与她告别,匆匆从屋里退了出来。在回去的路上,四周的景色完全陷入了黑暗,我们默默地坐在车上,谁也没有开口说话。

美玲如此心爱的"小公主",是一开始就不存在,还是曾经存在过?事情的原委我们无从得知,但是可以肯定的是,会在那种昏暗无光的地方一个人生活,一定是经历过相当悲惨的事情吧。而让她过着死气沉沉的生活的原因,到底会是什么呢?等一下,说不定正因为她自己也处于悲伤的深渊中,才会通过制作玩偶来安抚同样痛苦的人们。

而且,放在玄关的那个三轮车又是谁的呢?那个家中并没有小孩子生活的痕迹。

在失败的突击访问结束几天之后,猫咪咖啡店的佐藤给弓子打来了电话,她表示美玲想好好地跟我们再谈一次,所以我们便约定了星期六在猫咪咖啡店相见。

——星期六——

这一天,猫咪咖啡店的入口处挂上了"包场"的牌子。

推开磨砂玻璃,就看到美玲端坐在大厅中央位置的椅子上。

在古典的小圆桌上,则摆放着小公主的玩偶。

看到我们之后,美玲立刻站起来朝这边深深鞠了一躬:"休息日还要麻烦你们跑一趟,真是很抱歉。"

她现在的神情,与突击访问时截然不同,似乎已经放下了心中的一些事,十分轻松爽朗的样子。

佐藤店长从内侧走出来,在桌上摆上了红茶,对走到桌边的我们说:

"来来,不要这么拘谨呀,都来坐吧。"

美玲品了一口蓝莓红茶,慢慢地做了一个深呼吸,静静地说起了自己的事情。

"其实我……有一个女儿。不过她已经与这个世间擦身而过,去了天堂……"

"……与这个世间……擦身而过？"

面对弓子小心翼翼的提问，美玲平静地回答道：

"是的。我的丈夫比我年长十三岁。他和他的父母都非常想要一个孩子，我二十岁时就跟他结了婚。但是，婚后我一直怀不上孩子……然后在三年前，在我二十五的时候，我终于怀上了孩子。对此丈夫和他的父母都非常的高兴。怀孕七个月之后，丈夫认为已经进入安定期，不用像怀孕初期那样处处小心，海外出差的时候就带上了我。名义上是陪同出差，但对我来说就是一次海外旅游，难得出门的我雀跃不已，丈夫还在上班的时候我就一个人挺着大肚子出去进行大采购。都是我的错，是我不该在没有丈夫陪同的情况下单独出门……我在逛街的时候被小偷抢走了钱包……由于当时的猛烈撞击，我肚子里的孩子流产了……"

说到这里，美玲突然沉默了下来。弓子起身来到美玲身边，轻轻地抚摸着她的肩膀。过了好一会儿，稳住情绪的美玲继续讲了下去。

"那个孩子，是一个我们全家千盼万盼的女孩子。我的丈夫不能容忍我所犯的错误，所以决定跟我离婚。但是，让我们离婚真正的原因，是医生给出的诊断结果——这次流产会导致我的身体难以受孕。他的父母坦白告诉我，好不容易娶到年轻妻子，如果不能生孩子的话就没有任何意义……"

一直认真倾听的宏梦，非常生气地插了一句：

"我说，这男人也太垃圾了吧。"

似乎感受到宏梦粗暴言语中包含的温柔，美玲微微苦笑了一下，继续说道：

"当时的我不得不面对现实，孤身一人开始重新寻找工作。在毕业后到结婚的两年间，我一直都在做玩偶样品的制作工作，为了充分利用当时积累下来的技术和经验，我开始制作各种玩偶。一开始是邻居们饲养的小猫小狗，然后是公园里遇到的各种动物，做到后来，我就开始渐渐收到一些订单，赚的钱不多，但是也可以维持生活开销。但是……"

"但是？"

停下抚摸的动作，回到座位的弓子问道。

"失去孩子的痛苦，一直活生生地折磨着我。回到娘家后，父母非常温柔地接受了我，但越是被温柔对待，我就越是感到痛苦……我甚至把为孩子买的三轮车也带到了现在的住处。但是，每当看到客人接过玩偶时露出的笑容，我就感觉自己的内心也被治愈了一些。后来我就想，如果我为自己做一个玩偶，是不是就能抚平心中的伤痛呢？所以我就开始进行了各种尝试，企图复原那个天国的孩子……但是，无论如何都做不出来。我无法想象她的容貌，只要我一开始想，眼泪就会涌出来，完全做不下去……结果我只得改变目标，制作以前家里饲养的三毛猫'小公主'，不可思议的是，随着玩偶的完成，我的内心也变得逐渐轻松起来。"

弓子伸出手轻轻地摸了摸桌上的猫玩偶，说："那么……就是这一只了。"

"是的，因为小公主的相伴让我的悲痛减轻了不少。但是我又感到了一丝不安——让小公主治愈我的内心，这也许是一件罪恶的事情吧。"

"什么意思？"

"我竟然对女儿之外的事物，注入了自己的感情，这不是说明女儿在我心中的存在变得越来越薄弱吗……这难道不是罪恶的事情吗……"

一直默默聆听的宏梦，突然开口说道：

"美玲小姐，这才不是罪恶的事情呢。"

"咦？"

"在这里的小公主,不就是你的女儿吗？虽然现在是猫的形状,但是我觉得形状什么的根本就不重要。美玲小姐在它身上注入了深厚的感情,这正是小公主寄宿着你女儿的灵魂的证据啊……我不知道怎么说才好,总之,我认为对女儿之外的东西注入感情绝对不是罪恶的事情。"

宏梦的话带着不可思议的说服力。美玲垂下双目,流下了晶莹的眼泪。对宏梦诚恳地说道：

"谢谢你……宏梦先生,真的谢谢你。但是,请你们一定要相信我。在我高烧的时候,我真的听到耳边传来了小公主的声音,而且,当时碰触到我身体的感触也是真实存在的。它紧紧地贴在我身边,把暖融融的体温传递给我,我真的就是因为这份温暖才恢复过来的。"

弓子深深地点点头,对美玲由衷地感慨道："这种感觉我明白。"随后又补充道：

"其实……我也曾经听过,已经不存在的人的声音……"

听到这句话,我们齐刷刷朝弓子望过去。弓子的表情十分严肃,好像并不是为了安抚美玲才说出那样的善意谎言，但是看她的样子，似乎也不打算深入说明。就在这时，佐藤店长突然出声问道：

"那是……小青叶的声音……对吗？"

弓子瞪圆了双眼，惊讶不已地看着佐藤："你怎么知道的？"

"小青叶？是你那个……身体不好的女儿吗？"面对宏梦的质疑，弓子低下头不再言语。

佐藤静静地从坐席上站了起来，对我们说："其实今天店里还招待了一位客人。"然后她起身去了里面的房间，将另一位客人带到我们跟前。当弓子抬起头看清眼前的人之后，不禁睁大了双眼，小声地嘟囔道：

"老头子……你、你怎么会在这里？！"

原来这位客人就是弓子的丈夫。他走到弓子对面的席位上坐了下来，温柔地对弓子说：

"弓子，你也应该和美玲小姐一样，试着去面对眼前的事实啊……"

随后，他说出了今天来猫咪咖啡店的缘由。

"今天在这里发生的事也许会让弓子感到痛苦……考虑到这一点，佐藤小姐就把我叫过来了。因为我们担心，当美玲小姐开始面对现实之后，与美玲小姐有着相同遭遇的弓子，说不定会想起青叶的事……"

和美玲有着相同的境遇……这到底是怎么回事？就在我脑海中一片混乱时，宏梦用确信的口吻向弓子的丈夫问道：

"难道，那位因为身体不好很少出门的女儿，就是青叶……"

弓子的丈夫缓缓地点头，承认了宏梦的猜测。

"我们的孩子青叶……她，她已经去世了。八年前，她在某个事故中受了重伤，然后又因为并发了肺炎，导致病情进一步恶化……佐藤小姐在开这个咖啡店之前，曾经在青叶住院的医院里做过心理指导员。因为青叶的心理问题比较严重，所以医生就向我介绍了当时还在做心理指导员的佐藤小姐。不过青叶接受心理辅导这件事，是瞒着弓子的。因为我怕如果弓子知道这件事，会更加责怪自己……"

宏梦又直率地扔出疑问："这是为什么？"

为了逃避现实而紧闭双眼的弓子，轻轻张口说道：

"青叶，相当于是被我杀死的……如果不是因为我的迟到，青叶就不会在约好的地方卷入那样的事故……"

"那样的事故？"

宏梦不动声色地向弓子问道。

弓子终于睁开了紧闭的双眼，对我们讲述起那个尘封已久的过去。

"那天，我答应和青叶一起去神社买护身符。青叶的梦想是穿上纯白的水手制服，所以她报考了私立学校。那个孩子为了通过考试，周末也在补习班上课。那天下课之后，她按时到达了我们约好的车站。但我因为在清洗店跟别人聊天，耽误了不少时间，结果就迟到了……当我来到车站时，青叶就已经横躺在检票口的马路上了……"

说到这里，弓子的声音突然哽咽起来，弓子的丈夫代替她继续说了下去：

"司机喝醉了酒，开着车狠狠地撞上了青叶。好不容易保住了性命，但是青叶的脸上却留下了严重的伤疤……在那之后，原来活泼开朗的青叶就变得郁郁寡欢了。"

据弓子的丈夫讲述，脸部受伤的青叶变得沉默寡言，弓子也一直为此感到深深的自责，因为自己的过失让品学兼优的女儿失去光明的未来……后来，住院中的青叶不慎淋了雨，从而引发了肺炎，最终还是离开了他们夫妇。青叶病逝的时候，弓子坚持认为女儿是带着对母亲的恨意去的天国，这种想法一直折磨着她，让她无法接受青叶的死亡，于是，她强迫自己相信其实女儿并未死去，仍旧好好地活在人间。

弓子的丈夫接着说道：

"佐藤小姐在青叶去世之后似乎就辞掉了心理辅导员的工作，还寄了好几封信到家里来。但是，因为弓子坚信青叶还活着，所以我没有把佐藤小姐的信拿给她看。之后我在回信中说，希望她以后不要再写信过来了。当时我下定了决心，直到弓子可以接受现实的那一天，我都会维持一家三口的状态和她一起生活下去的。"

"正如先生所说的那样。因为青叶的去世和弓子小姐的事情，让我对拯救别人的工作失去了信心，所以我就把救助中心的工作辞掉了，也停止了寄信的行为。那段时间我什么都不想做，仅仅靠以前的存款维持着简单的生活。然后有一天，我在倾盆大雨中遇见了一只小猫,我立刻把它和青叶的身影重叠在一起……那个在大雨中被淋湿最后患上肺炎的青叶。我的本能告诉我,我必须救助那只小猫。我就把小猫放进羽绒服里,紧紧地抱着它,把它带回了家里。周围的邻居知道我饲养小猫的情况后,就陆续给我送来了猫粮等必需品,再后来,大家自然而然就聚集在我家,变成大家一起聊聊天喝喝茶的状态……"

"所以您就开了这家咖啡店吗?那当时那只猫还在这里吗?"

我环视着咖啡店的大厅,向佐藤问道。

"是的。不过那只猫已经不在这里了,被一位把它当作亲人般对待的客人收养了。以这件事为契机,我开始考虑在咖啡店里开展动物保护活动,让这里成为被遗弃的猫咪们结识新主人的地方。后来,我听说隔壁镇上的弹珠店有一本寻亲笔记,对此感到非常的好奇,无论如何也想亲眼见识一下。我觉得这本笔记一定可以拯救更多动物的生命。"

弓子的丈夫轻抚着妻子瘦弱的肩头,接过话题继续说了下去:

"佐藤小姐看到这本笔记之后,意识到弓子正和她做着同样的事情。所以事隔八年之后，她又给我写了一封信，表明她愿意支援弓子的动物保护活动。当然，是不涉及当年心理辅导之事的前提下，只以猫咪咖啡店店主的立场来参与活动。"

一直沉默不语的弓子，突然打断了丈夫的话，对佐藤问道：

"那么，我第一次来的时候，你就知道我是青叶的母亲了？那时我说自己同女儿、丈夫三人一同生活，你也早知道这些都是谎言了？"

为了安慰情绪有些激动的妻子，弓子的丈夫连忙说道：

"其实，镇上的大家不都是一样的吗？"

我突然想起突击美玲家的时候，弓子提议过"难道不能留下来陪她演演戏吗"，那是因为对方的经历与自己如此相似，所以深有感触的她，才会说出那样的话吧。镇上的大家都接受了弓子的谎言，承认早已不在人世的青叶仍然生存着，小心翼翼地呵护着弓子那脆弱的心灵。

像是打破了心中长年累月堆积下来的悲伤一般，弓子喃喃自语道：

"如果我没有迟到的话……都是我的错，是我让青叶受了这么重的伤，是我让她这么痛苦，最后还选择了自杀的道路……"

虽然我没有出声，但是心中对"自杀"一词产生了深深的疑惑。

就在这时，佐藤很坚定地对弓子喊出了一句话：

"不是这样的！"

"青叶她不是自杀的。我咨询过主治医生，青叶的死因主要是肺炎引起的并发症。当时青叶为了找回以前的笑容，正在十分积极地做着各种努力。而且，她也没有憎恨自己的母亲。这样的一个好孩子，怎么可能去自杀呢！"

"那为什么青叶会跑出去淋这么久的雨呢？目击的护士小姐明明就说，她看到青叶自己跑到冰冷的大雨中淋了好几个小时的雨，就像故意加重自己的病情一样。这难道不是自杀吗？！是我……是我把青叶逼到这个地步的！"

弓子不管不顾地哭了起来，与之前哭泣的美玲一样，她也露出了陷入悲伤深渊的痛苦神情。

在这八年间，弓子一直被高耸的墙面牢牢地阻挡在现实之外。她一次又一次地撞击高墙，每次都被无情地反弹回来，她这份长年积累下来的悲痛，深深地刺痛了在座所有人的心。

已到崩溃边缘的弓子，放开声音号啕大哭起来。而佐藤一面轻轻地抚摸着这样的弓子，一面平静地说出一句话：

"弓子小姐，你觉得追求梦想的人，会去自杀吗？"

"梦想？"

"是啊，在青叶最心爱的那个护身符里，托付着她的梦想呢。"

"护身符？"

"是啊。就是在青叶出事之后，弓子小姐给她买的那个护身符。那是你为了鼓励她，为了让她能再次拥有希望活下去，专程去神社买的吧？青叶对我说过，她没法对母亲坦诚地说出感谢的话，对此她感到非常的沮丧，所以她打算出了院之后再告诉你，自己已经找到了新的梦想这件事。她把自己的心意写在纸上，放进护身符里面，一直片刻不离地带在身上。听那时的护士说，她已经把护身符交给你了呀……"

"是啊，我是拿到了青叶的护身符。护身符能让我感受到青叶的气息，所以我也是寸步不离地带着它。护身符里藏有青叶的梦想……这到底是怎么回事？"

当时的弓子无法接受女儿去世的现实,所以就算拿到了护身符,一定听不进任何的劝说吧。所以这个护身符,到现在为止一次也没有被打开过。弓子把系在脖子上的护身符轻轻取下来,小心翼翼地在我们面前打开。护身符里果然有一张纸片,弓子与丈夫一起,十分慎重地打开了这张纸,夫妇两人终于在八年之后,重新面对女儿所写的文字。

果然如同佐藤所说的一样,纸上一笔一画地写着青叶的梦想。这个孩子将尚未传达给母亲的语言,全部凝聚在这张小小的纸片上。

妈妈,谢谢你给我买的护身符。我听爸爸说,这是事故之后您专门为我买的。我还没有整理好自己的心情,所以没法向您开口道谢,真的对不起。还有,您一直都为我的考试加油,但是我却中途放弃了,对不起。不过现在我找到了新的梦想,那就是——成为兽医。妈妈很喜欢动物,所以您一定会支持我吧?如果是和动物们相处,它们就不会介意我脸上的伤痕吧,如果我能成为妈妈的助手,就能和妈妈一起工作了……虽然无法穿上洁白的水手制服,但当上兽医之后,就可以穿上白色的医生制服。为了实现这个梦想,我一定会加倍努力的！所以，请您不要再责怪自己了，请您恢复成以前那个开朗的妈妈吧。我最喜欢妈妈的笑容了。

　　这是十二岁的青叶，为了迈向全新的未来，为了重见母亲的笑容，全心全意写下来的文字。这样的青叶，怎么会去自杀呢。这张小纸片上凝聚的文字清清楚楚地告诉了我们这一点。虽然我从未见过青叶，但是在我的眼前，却清晰地浮现出了一位和弓子有着同样笑容的女孩。

　　弓子将青叶的留言再次封入护身符中，对我们说道：

　　"刚才我不是对美玲小姐说，我听到过'不存在的人的声音'吗？佐藤小姐说得没错，那就是青叶的声音——那个孩子对我说：'妈妈，笑一笑吧。'每当我因为思念青叶而彻夜哭泣的时候，她就会在我耳边轻轻地说这句话。既然青叶都这样说了，我就只能露出笑容，积极活下去了。因为，这是我最心爱的宝贝，青叶的愿望啊……"

　　明朗活泼的弓子，正是为了自己最宝贵的女儿，才能做到用笑容去面对每一天的。

看着紧紧握着护身符、泪流满面的弓子，佐藤说出了一件更为惊人的事实。

"弓子小姐，其实……我这里还有一件青叶的遗物。"

"！"

"我听说你还不能接受青叶的离去，就一直没有说出来。那一天，青叶是为了保护某个东西，才跑到屋外淋雨的。"

佐藤轻轻地站起来，端起了给大家喝的红茶，把它交到弓子的手里，然后这样说道：

"八年前，为了激励自己迈向新的人生，青叶栽下了这株蓝莓的小树苗。"

"蓝莓的……树苗？"

"是的，青叶的名字就是由蓝莓而来吧。"

"啊啊，是的……你怎么会知道的？"

"青叶对自己的名字非常自豪。青叶出生之前，你们两位去澳大利亚旅游，还观光了那里的蓝莓种植地吧。那里生长的蓝莓树葱郁又茂盛，令你们十分的感动，所以你们就将未出世的孩子取名为'青叶'。这些事，都是后来青叶兴致勃勃地告诉我的。'青叶'

这个名字，蕴含了父母对自己的深情厚谊，她对此感到非常的骄傲。所以她想通过养育一株蓝莓，鼓励自己振作精神，勇敢迈向新的人生……"

"所以，为了不让树苗淋雨，她就冒雨跑了出去？"

对弓子的遭遇感同身受的美玲，提出了这样的问题。

"是的，她获得院方的许可，在花坛里划出了一小块地种上了蓝莓。青叶真的非常用心地在照顾这株树苗。但是树苗才刚刚冒出枝芽，就遇上了剧烈的暴风雨……当时病房里已经熄灯了，她还是偷偷地跑出来，打着雨伞给小树苗挡雨，一直撑到天亮……这些，都是在花坛边发现青叶的护士告诉我的。也许对青叶来说，守护这株树苗，就像守护自己今后的人生一样吧。"

十二岁的少女，在风雨中顽强地替小树苗撑起雨伞……无论多么缺乏想象力的人，都能在脑海里勾画出这幅场景吧。

在佐藤讲述期间，弓子一直都沉默不语地听着。之后佐藤把手中的蓝莓红茶放回桌上，又继续说道：

"我觉得，如果我说出这件事，一定能把青叶的母亲再次拉回到现实来吧。所以我一直在等，等着弓子小姐愿意面对现实的那一天……为了证明青叶并不是自杀的，请允许让我在这个时机将这件事说出来。"

说完之后，佐藤轻握了一下弓子的手，说："我有个东西想让你看看。"

"我很早就下定决心，当这一天来临的时候，一定要让你看看那个东西。"

佐藤把我们领到后院，伸手指着某个地方，那里赫然立着一棵一人多高的粗壮蓝莓树。树杆上伸出一条条茂盛的枝叶，满满地覆盖住了整个庭院。

"这个……难道是？"

弓子抬起头，静静地凝视着这棵蓝莓树，就像四周的时间都停止了流动一样。

站在弓子身边的佐藤，喃喃地道出了真相。

"离开医院的时候，我把这株蓝莓移植到了家里。当时我就想，如果青叶的母亲接受了现实，我就可以把它交回去了……我带着这样的心思，惴惴不安地度过八年的岁月，当年的小树苗，现在已经长得这样强壮茂盛了……"

跟我们一样同样惊叹于眼前景色的美玲，向佐藤问道：

"难道，我们刚才喝的蓝莓茶，就是从这棵树上……"

佐藤回答说："在丰收的年份，我还会把果实做成蓝莓酱，卖给客人们呢。"

一直凝视蓝莓树的弓子，突然把手轻轻放在树杆上，小声地呼唤道："青叶……"

她温柔地抚摸着树杆，不停地喊着女儿的名字，泪水如同断了线的珠子一般掉下来。

就我看来，弓子此刻的落泪，并不是为了发泄悲伤，而是为了疏导八年以来存在体内的眼泪。因为心灵被高墙所堵塞，无处可去的眼泪在身体中长年累月地积攒下来，然而就在今天，这些眼泪终于得到了释放的机会，争先恐后地从弓子的眼中掉落出来。

这些眼泪，也许是为了让人继续前进，才从身体中释放出来的。

为了减轻身心的重担，为了迈出新的一步，人类是需要流泪的。

承担了妻子的悲痛，接受了妻子的谎言，与她一同生活到现在的丈夫，面对着葱郁茂盛的蓝莓树，开口唤道："青叶，好久不见了。"然后他转过身，抱住了妻子瘦小的肩头，对她这样说道：

"一定是因为青叶在这里,才会把我们指引到这里来的。她一定想把母亲从悲伤的深渊中拯救出来……她想让母亲从此踏出新的人生……"

弓子反握住丈夫搭在肩上的手,含着泪,微笑着答道:

"嗯嗯,你说的没错。最喜欢动物的青叶,通过小猫来牵线搭桥,把我们指引到了这里。我要像青叶拼命守护的这棵树那样,积极走向新的生活……如果我依然陷在过去的痛苦中止步不前的话,一定会被努力的青叶责骂的……"

真正重要的事物,不一定是眼睛看得见的事物。

无条件地相信自己,相信看不见的事物真实存在着的同伴们,才是最可贵的事物吧。

就算看不见也摸不着,但是对有些人而言,某些事物却是真真正正活在自己心中的吧。

从今天起,弓子和美玲在自己的眼前画出了一条透明的起跑线。她们朝着新的人生,迈出了重要的一步。

离开咖啡店之前,我们约好了今后要经常来这里聚会。

宏梦换上平日的口吻对美玲说："不要再住在那种荒凉的地方了。搬到我们镇上来吧。我一定会帮忙的。"美玲开始认真考虑搬家的事宜，在那之后，也收养了弓子介绍的那只小猫。

这件事结束之后，又度过了一段平静的时光，弓子和宏梦一如既往地经常跑到店里打发时间。

再过几天，就是我来这个镇上之后的第三个年末了，今年的圣诞节似乎也是孤身一人呢……我无所事事地想着，拿起店头的笔记本翻了起来，随后看到了一张新贴上去的黑猫照片。

黑猫一只眼紧紧地闭着，另一只眼睛则露出痛苦的神情，紧紧地盯着镜头。

我粗略扫了一下照片下面的文字，这只黑猫好像是东北大地震时走散的宠物，它的主人正通过全国的保护团体在寻找它的下落。

那时我并不知道，这只黑猫的出现，将使我和宏梦的人生发生天翻地覆的巨变。

最终话　奇迹的红线

"小五郎,放暑假了不要总是睡懒觉,快起来吧,跟小白一起去玩。"

伴随着母亲温柔的呼唤,我睁开了双眼,一股煎蛋加香肠的香味飘了过来。

每周有三四天,母亲都会做这个早餐。

"哥哥,快起来!院里有只猫咪。好可爱!快点,快点起来啦!"

这个昵称"小白"的孩子,是我的弟弟,虽然只有三岁,但是特别能说会道。我足足大他六岁,但他一直用对待同龄人的态度跟我说话。在普通兄弟间也许只是件平常的事，但是我们并不是普通兄弟，小白，是在某一天突然来到我家，成为我的弟弟的。

去年的圣诞节，父亲带回来一个小孩子，他指着我，对那个孩子说：

"小白，站在那里的人，从今天开始就是你的哥哥了。"

穿着运动服的小男孩，紧紧黏在父亲的腿边，他盯着我的眼睛，小声说道："哥……哥？"

虽然我完全搞不清楚状况，但因为是独生子，所以对新来的弟弟产生了小小的期待，我问了他一个问题：

"你，相信圣诞老人吗？"

男孩沉默了一会儿，点了点头，随后又说："但是他从来没有来过我家呀。"在那一瞬间，我突然觉得我跟眼前这个"弟弟"也许可以很谈得来，因为我和他有同样的想法，圣诞老人也从来没有来过我家。自从听朋友说"圣诞老人就是爸爸"之后，我一直期待父亲可以为我变身圣诞老人，但是，这个梦想从来没有实现过。

"那么，今晚我们一起等圣诞老人过来好吗？"

紧紧黏着父亲大腿的男孩，突然露出了明亮的笑容："嗯！"

然后兴奋地跑到我的跟前。

为什么这孩子会成为我的弟弟……他又是从哪里来的呢……这些事我一概不知,但是我非常开心自己有了一个弟弟。

我的母亲是个温柔的人,但是因为她的身体虚弱,所以每个月都要住院好几次。父亲则因为工作的缘故,经常留下我一个人在家里守夜。每当这时,我就非常期盼有谁能够陪在我身边,让我在睡前能对他说"晚安"……想到这些,我紧紧地握住了幼小弟弟的双手。

"喂,五郎,怎么睡在这种地方?"

"知道啦,小白,起来了……真是的,都放假了,就让我多睡一会儿嘛……"

"喂喂,给我清醒点!"

被熟悉的声音吵醒,我睁开眼睛四下张望,然后就愣住了。因为拿着拖把的店长,正狠狠地瞪着睡在长椅上的我。

"你不是真的睡着了吧?"

"你这臭小子,真想成为正式员工吗?就算是没什么客人的小店,对你来说也是战场啊,怎么能在战场睡觉呢!"

"对不起……"

"而且'小白'又是谁？"

"咦，我喊了这个名字吗？"

"喊了，是你养的狗吗？"

"不，那是……我的弟弟。名字叫史郎，大家都叫他'小白'[1]。"

"哎——我才知道五郎有个弟弟啊。"

"是啊，不过……我们只在一起住过一年。"

"怎么？"

"有些复杂的原因……"

我的话还没说完，就有客人在叫服务生，所以店长一个人先回店里去了。

刚才打盹的时候，我做了一个有关小时候的梦。

突然成为我弟弟的史郎，亲戚们都说那是爸爸的助手偷偷生下来的孩子。

我的父亲，是一个小有名气的陶艺家，以前来我家拜师学艺的人络绎不绝。在我印象中，家里总有些助手或是弟子的人来来往往。

在这个家里，我最喜欢的地方就是有个大池塘的庭院。

---

[1] 小白的日语发音是"SHI RO"，史郎的日语发音是"SHI ROU"。

喜爱花草的母亲给植物浇水时,我就蹲在她的身边,给池塘里的金鱼投食。

小我六岁的史郎,也喜欢在宽阔的庭院里跑来跑去。只不过,自从史郎到家里来之后,母亲脸上的笑容就渐渐消失了。浇水的时候也总是发着呆,一副心不在焉的模样。

这样的日子平平淡淡地过了八个月,在某个夏天的早上,庭院里突然闯进来一只迷路的黑猫。

"哥哥,快起来!院里有只猫咪。好可爱!快点,快点起来啦!"

喜欢动物的史郎,十分着急地想叫醒睡懒觉的我。但是因为我一直赖床不起,等不下去的史郎只好一个人跑去庭院,偷偷观察那只黑猫。他这副心切切的样子,在我看来真是可爱极了。

从那之后,这只黑猫就经常跑到庭院里玩耍,不知何时起,它的小腹也渐渐隆了起来。史郎看到大腹便便的黑猫,经常会喃喃自语:"小黑猫,要当妈妈了呢。"他看向黑猫的眼神,也多出了几分寂寞的感觉。如今回想起来,史郎是怀着怎样的心情,被带到个完全陌生的家里的呢?他是因为遭遇了什么事,才会和亲生母亲分开,到我家来生活的呢?那时我也不大,从未深思过这些事情,只是每天天真懵懂地和史郎一起玩耍。

不久之后,黑猫就在廊下生下了五只小猫。其中有一只生下来就瞎了一只眼,不过史郎最喜欢的就是这只。某一天,史郎从幼儿园回来后,就奔向小猫的地方,把它们一只只抱起来亲昵地玩耍。就在这时,一只小猫不小心滑进了水池中,是跟瞎眼的小猫最亲近的那一只。

史郎为了救它,匆匆忙忙地也想往水池里跳。我知道池子比看起来的深多了,所以连忙阻止他的行为,当我冲过去时不小心踩滑了脚,整个人就跌进了池塘里。母亲在后面目睹了这一切,她以为我是被史郎推下去的,一时怒火攻心的她,就对着史郎小小的脸颊狠狠地打了下去。巴掌的声音清脆而响亮,令我印象深刻,史郎一定很痛吧……不管怎样,母亲也不用气成这样吧……

至于那只溺水的小猫,非常遗憾并没有救回来。父亲的助手,一个年轻男人把浑身泥沙的小黑猫从水底捞了起来。

而余下的四只小猫,不知何时则跟着母猫一起从庭院里消失了。

因为小猫溺死这件事,史郎突然变得消沉起来。他再也不在庭院里蹦蹦跳跳地跑来跑去,也不会笑容满面地对我说"哥哥一起来玩"了。

小猫的死亡，加上母亲的耳光，一系列的打击令史郎的心灵受到了严重的创伤。虽然我的年纪也不大，但也多多少少察觉到了这些变化。而打了史郎一耳光的母亲，她的身心，也从那天开始产生了急遽的变化。

黑猫带着孩子离开一周之后，母亲也突然带着史郎离开了这个家。马上是圣诞节了，在家里的圣诞树上，挂着我和史郎一起做的黑猫折纸。为了庆祝史郎来我家一周年，还定做了一个特别大的蛋糕。

为什么在这样一个日子里，母亲却带着史郎离家出走了呢？

最重要的是，为什么不是我，而是只在家里生活了一年的史郎呢？难道比起我来，母亲更疼爱的是史郎吗？

这些事情一直横在我心头，多年来一直难以释怀。

母亲和史郎离开之后，父亲突然变得沉默寡言起来。不只是父亲，周围的人都不再提起与母亲有关的事，就好像她从未存在过一样。

对于母亲和史郎离家出走一事，让我最难受的不是今后见不到喜爱的母亲，而是再也见不到仰慕自己的可爱弟弟。母亲是个温柔的人，但是她也藏着一些别的东西，拥有我不知道的另一张面容，我对她总是有一些隔阂感。而史郎虽然只和我一起生活了一年，但我们拥有一起等待圣诞老人的宝贵回忆，他是我无可替代的弟弟，也是我最初也是最后的亲友……

沉沉睡了一觉之后，我从长椅上坐起来，一阵刺骨的寒风迎头扑来。因为马上就是圣诞节了，小小的商店街上也四处装饰起了廉价的红绿彩灯。就在我遥望这些景色的时候，带小梦散步的弓子路过店门口，用她那一如既往的笑容跟我打了招呼：

"哎哟，小五郎，最近怎么样呀？"

"不怎么样，刚刚才被店长骂了一顿。"

"哎哟，真是可怜。不过，肯定是因为你在偷懒，这叫自作自受。说起来，那只黑猫怎么了？有谁来打听过吗？"

"黑猫？"

"嗯，就是贴在笔记本上，瞎了一只眼的那只黑猫。"

"啊啊，就是在东北大地震走散的那只黑猫？没有没有，没有人来打听。"

"这样啊……怎样才能让它和饲主再会呢?"

又开始多管闲事了……我在心里默默抱怨,一手拿起了放在店头的笔记本,重新审阅前几日贴上黑猫信息的页面。

我在寻找三年前在福岛走散的宠物。它是一只黑猫,有一只眼睛看不见,名字叫'小白'。我听说在地震中失散的动物,会被全国的保护团体分别管理。所以我在这里写下求助信息。如果您知道这只黑猫的情报,请与以下电话联系:0247-XXXX-XXXX。欧贝娜护理福利院。

名叫"小白",一只眼睛看不见的黑猫……我实在没法不介意这个信息。

同样叫"小白"的弟弟,庭院里入住的那只黑猫,还有黑猫生产下的五只小猫中,那只瞎了一只眼的小黑猫。

我的脑海中不断地涌现出幼时的记忆:遗弃了自己的母亲、被迫分离的亲爱弟弟、从此形同陌路的父亲……虽然并不愿回想这些事,但是我的脑子里满满的全是九岁时的场景。

"真是奇怪,明明是只黑猫,为什么要叫'小白'呢?"

宏梦的声音突然从背后传来,把我吓了一大跳。我连忙转过头去,看见宏梦和门仓的儿子祥太郎两人大口嚼着三明治,一同盯着我手上的笔记本。

"宏梦,你吓死我了。"

"我又没有吓你,是你自己没注意。这只黑猫怎么了?这里写着,它有只眼睛看不见呢……"

"是啊,不清楚它是怎么瞎的,不过它的饲主好像找了三年呢。"

"三年啊……不知道还活着没有啊……"

宏梦一下指出了问题所在。也许大家心里都是这么想的。

这时,啃着自己做的三明治的祥太郎,突然说道:"哎呀?这只小猫咪……"他把三明治全部塞进嘴里,双手拿起笔记本,开始仔仔细细地打量起黑猫的照片。

"怎么了?祥太郎。"

祥太郎无视了宏梦的问话,他一口气吞下嘴里的食物,然后开口说道:

"这只小猫咪,跟妈妈料理教室的学生的那只猫,一模一样呢。"

"!"

"这张照片没拍到,这只猫咪,肚子跟黑熊一样,其实是白色的。"

我觉得只是另一只相似的黑猫罢了,并没有怎么介意他的话,然后继续问道:

"那祥太郎你母亲的学生,是从什么时候开始养这只猫的呢?"

"哎、这个……什么时候呢……啊,'转让会'应该是去年开始的,所以,是一年前吧。"

宏梦疑惑地反问:"'转让会'?"这时弓子却立刻说道:"会不会是那个'动物转让会'啊……"

所谓的"转让会",就是为受保护的猫寻找新饲主的活动,每年都会定期举办。从去年开始,这个区域也开始实施起来。那时好像是从东北保护团里转让来了几只猫。说到这里,弓子提出了一个建议:

"那我们打一下这个号码吧,跟对方确认一下,那只黑猫的肚子是不是白色的。如果真的是白色的,说不定就是祥君说的那只呢。"

说完,行动派的弓子立刻掏出了手机,按下了笔记本上的号码。

弓子礼节性地向对方说明了这里是埼玉县某处的弹珠店,想确认一下寻亲笔记本上那只黑猫的状况。在切入主题之后,她打听到那只正在寻找的黑猫腹部也是白色的,然后弓子便十分兴奋地告诉对方,祥太郎的熟人养了一只一模一样的猫。

打完电话之后,弓子直直地盯着我,喊着我的名字:"小五郎……"我非常清楚弓子正在打着怎样的主意。

"我不去。"

"我还什么都没说呢。"

"我知道你要说什么,三年了,基本上每天都和弓子打照面,你在想什么我都一清二楚。"

"那我就不废话了,小五郎,去福岛一趟吧。"

"那只黑猫小白的主人,似乎现在就住在福岛的护理福利院里。"

"护理……福利院?"

在一旁听我们对话的宏梦,突然开口问道:"是不是像养老院那样的地方?"

"是啊,饲主是一位八十岁的老人,身体状态不是很好……她拜托关东地区的朋友,把黑猫的情报写在笔记本上。对方还说,如果祥太郎知道的那只黑猫就是她找的那只，她可以出所有的费用，请我们把这只猫带过去。"

"哎哟，还会给钱啊？"

宏梦听到这句话，马上兴奋起来。

"好像是的，因为一起生活了二十多年了，对方想在自己还活着的时候，再见它上一面。"

听说一般猫的寿命只有十多年，这只猫居然活了二十多年，我对它的长寿表示由衷感叹。二十多年来，没有出过事故，也没遭受过病痛，它一定是在主人的精心爱护下养大的吧。虽然我也想实现八十岁老人的愿望，但是让我专程送猫到福岛，说实话我是有些抵抗的。我已经三年没有回过故乡了，而且在那个故乡，我并没有留下什么美好的回忆。

就在我做着激烈思想斗争时，宏梦甩出了一句意想不到的话：

"说起来，小五郎的老家不就是福岛吗？"

听到这句话，弓子的眼睛立刻闪闪发亮："咦？真的吗？"

我没有说谎的理由，只得小声回答："嗯，是的……"比起这个，更让我吃惊的是宏梦居然知道我的老家是福岛。

"我跟你说过这件事吗？"

"你不记得了？之前一起喝酒的时候说的。"

我回想了一下，却怎么也想不起在喝酒的时候提过这件事。得知我的故乡是福岛之后，弓子收起了脸上的笑容，用一种小心翼翼的语气问道：

"小五郎，难道是因为那时的地震，才来到这边的？"

"这个嘛，不算是因为这个，不过多多少少有点关系。"

"这样啊……你的父母呢，还在福岛吗？"

"……我的母亲，在我九岁的时候离家出走了，之后我就没了她的消息。父亲在母亲出走之后，就整日喝酒买醉，就连地震时也在喝，为此还差点受伤。后来他就借这个机会住进了医院，接受酒精依赖症的治疗。父亲住院之后，我就跟他断绝了联系。家里也没什么可以走动的亲戚，留在福岛也没什么意思，所以三年前，我二十六岁的时候，就只身一人来到了东京。"

"怎么会是这样……真是抱歉，勾起你那些痛苦的回忆……"

"没关系，都是过去的事了，只是没有什么机会说出来罢了。刚到东京那会我身无分文，公寓什么的也租不起，所以只能找包吃包住的工作,最后就找到这家弹珠店了。"

就在气氛陷入沉闷的时候,宏梦突然开口说:

"这样啊,其实我也是三年前来东京的。那时我刚好二十岁。我在福岛的福利院待到了十五岁,离开福利院之后就开始居无定所地四处晃荡,说起来,这里是我待得最长的一个地方。"

我第一次知道宏梦和我来自同一个地方。也许喝酒聊天时他曾经提过,但是我完全不记得了。比起这个,因为弓子还是那副小心翼翼的样子,我只得把话题转回到黑猫身上。

"就算如此,祥太郎说的那只黑猫也不一定就是笔记本上的那只啊。我们应该先去确认一下吧?"

听到这句话,坐在椅子上热心翻着笔记本的祥太郎,就像等到自己出场一样迫不及待地说:"我,我去那个学生那里拍照片!"说完之后,他就转身跑掉了。

留下来的我们又商议了一下,决定等祥太郎的照片拍出来之后再做后续安排,然后就各自解散了。

几天之后,小镇迎来了圣诞节,一大清早,我就在弹珠店接到一个电话。

"喂喂,您好,这里是福岛县郡山市的警察局。请问五郎先生在这里吗?"

偶然接到的电话,却听到对方道出了自己的名字,我十分惊讶地回答:"是的,我就是五郎。"这时,电话那头又冒出一个熟悉的声音:"小五郎!"没想到祥太郎也在那里。

在电话里年轻警官告诉我,祥太郎手里拿着几张黑猫的照片,一个人在福岛的郡山车站前像无头苍蝇一样转来转去,巡逻路过的警员觉得情况不对,便上前问话。后来他们从祥太郎所说"小弹珠的小五郎""宏梦"等词语中确认了弹珠店的位置,然后就立刻打来电话与我联系了。

祥太郎拍摄了照片之后,就打算把照片给黑猫的主人送过去。他先找弓子打听了对方的住所,但是因为不知道地址的写法,迷迷糊糊地就跑去了新越谷车站。那时,正好有一辆写着"福岛交通"的长途汽车停在那里。他便跟着蜂拥而上的乘客们一同挤上了这辆汽车。不知是福是祸,有个乘客没来,正好空出了一个位置,祥太郎就这样坐上这辆车来到了千里之外的福岛。

祥太郎的母亲一定非常担心吧。听完对方的说明之后,我跟弓子取得了联系,跟她商量如何解决这件事。

得知此事后，弓子先是通知了祥太郎的母亲，然后赶到弹珠店的办公室跟我会合。她告诉我，祥太郎的母亲非常担心失踪的儿子，差一点儿就去派出所报警了……不过当她知道这件事跟自己的学生饲养的黑猫有关之后，就大大地松了一口了，对弓子感慨地说："真像祥太郎会做的事。"

我们没想到一只黑猫竟然引发了这么大的骚动，无论如何，都不能把祥太郎一个人搁在福岛派出所，所以我跟弓子一番商议后，给黑猫主人所在的福利院打了电话，请他们先把祥太郎从派出所接回来。

满腔热情的祥太郎只为让黑猫主人看到照片，就只身一人踏上旅程，我一想到他在陌生的土地上紧张不已的样子，就担心得坐立不安。

弓子也同我一样，十分担心祥太郎的情况。但是，出乎我们意料的是，前去迎接祥太郎的福利院职员说，虽然祥太郎一开始有些不安，但是到了福利院之后，便很快和入住的老人们打成一片。他帮院里的老人们画画、拍照，十分乐在其中的样子。

另外，黑猫八十岁高龄的主人看过照片之后，非常肯定地说，照片上的猫就是她一直寻找的黑猫。最重要的是，祥太郎专程带着照片跑到福岛给她看这件事，令这位老婆婆非常的感动。

另外，去年转让会上成为小白新主人的那名学生，从祥太郎的母亲那里得知这件事之后，非常爽快地答应愿意把小白物归原主。

不过现在产生了一个新的难题，到底由谁将二十岁的小白带去福岛呢？

因为对方愿意出三人份的新干线票钱和住宿费。弓子便劝我接了这份工作，她说琦玉到郡山坐新干线只要一个多小时，既然是三年都没有回去过的故乡，何不接受对方的好意，借此机会回去一趟再住上一晚呢。不过因为祥太郎已经过去了，所以我们的出发人数变成了二人一猫。

也许是因为宏梦的故乡也是福岛，再加上对长途旅行的顾虑，弓子又提议让宏梦代她跟我一同上路。

我打电话给宏梦，问他愿不愿意跟我一起去福岛，电话那头的宏梦就像要去郊游的孩子一样，十分兴奋地应承下来。

一个小时之后，我和宏梦就在大宫站相聚，坐上了开往郡山的新干线。与关东的主人分离之后，又踏上故乡归途的黑猫小白，竟然一反常态，安安静静地在箱子里趴着。

宏梦坐在我隔壁，我就跟他有一句没一句地搭起话来。

"宏梦，你在福岛有朋友吗？"

"朋友？这个嘛，有几个一起在福利院长大，关系还不错的哥们。"

"这样啊……说起来，没想到竟然是和宏梦一起过圣诞节啊。"

"哦哦，还真的是呢。"

难得有机会坐在一起，但是却意外地没什么可聊的。

我们一会儿看看窗外的风景，一会儿买车内的便当来吃，用成年人的旅游方式来打发掉无聊的乘车时间。

眼前这一切，究竟会在宏梦的眼中映出怎样的景色呢？对宏梦来说，那里……应该不是什么充满美好回忆的地方吧。当然，对我来说也是一样的。不过不可思议的是，对于能和宏梦一起回到故乡这件事，我竟然带着些许期待和欢喜。

在不知不觉中，我们乘坐的新干线到达了郡山车站。

一踏上站台，一股彻骨的寒风就包裹了全身。

祥太郎所在的福利院，还要坐汽车摇晃 1 个小时才能到。虽然对方说可以到新干线车站来接我们，不过既然都出了交通费，我们也不好再麻烦人家，就决定自己坐汽车过去。

我和宏梦一边抽烟，一边在车站等着汽车。这时，宏梦揣在牛仔裤臀部口袋的手机响了起来。确认了来电显示之后，宏梦直接按掉了电话，然后对我说：

"小五郎，真不好意思，我不去祥太郎的福利院了。你一个人去也没关系吧。"

"哎？你说什么？"

"以前的朋友知道我回来，就嚷着要聚一聚……我还是去露个脸吧。"

"不是吧，我一个人去有点紧张啊。"

"祥太郎也是一个人去的，小五郎肯定没问题啦。就算我去了也不敢摸那只猫啊，所以去了也没什么用。"

"对方可是出了两人份的交通费啊，现在就我一个人去……"

"那就麻烦你好好解释一下啦。"

宏梦一边挥手说着"拜拜"，一边转身离开了车站。

这时我完全没有想到,这个汽车站,竟然是我们两人命运的分叉口。

*

"我不是说了不要给我打电话吗?让小五郎发现了怎么办?"

"对不起啊,小白。但是因为你突然说要来,我都这把年纪了,还是忍不住打了……住院的日子实在太无聊了……"

"我不管你有多无聊,和亲生父亲再会这件事被小五郎知道的话,我辛辛苦苦花了三年时间才和小五郎建立起来的信赖关系就全完了。"

"小白,你怎么叫你哥哥'小五郎'啊。"

"老爹你才是,能不能不要再叫我'小白'了。我已经不是小孩子了,在关东,人家都好好地叫我的名字'宏梦'。"

"没办法啊,在你母亲的家乡,都是把'HIRO'叫成'SHIRO'的嘛。对了,小五郎一直以为'弟弟'的名字是'史郎'呢。"

"史郎?也是呢,自从他母亲出走之后,他就完全没有我的消息了吧。之前周围的人都叫我'小白',所以他不知不觉就把我的名字当作'史郎'了。"[1]

在汽车站接到老爹的电话之后,为了不让小五郎察觉,我独自一人来到了老爹住院的医院。三年前,这个男人在地震时喝得烂醉如泥,结果差点儿性命不保,之后就被强制性地送去医院,接受酒精依赖症的治疗了。在他住院之后不久,我就在那里和他意外地重逢了。

没错,这个男人就是五郎的父亲,也是我的父亲。他和我母亲搞婚外情生下了我,一直对我不管不问,但在我三岁的圣诞节那天,又突然跑来把我接了回去。对我而言,他只是一个"偶尔出现的父亲"而已,现在却突然把我带到他家,这让年幼的我完全不知所措。到家之后,他给我介绍了一个孩子,说今天开始他就是我的哥哥,那个孩子就是比我大六岁的五郎。

五郎他当然没有察觉到,我就是当年和他一起生活过的弟弟。虽然我一开始想挑明真相,但是一直找不到合适的时机。就这样我们一直暧昧地相处了三年的时间。说实话,并不是找不到合适的时

---

[1] 宏梦(HI RO MU),在其母的方言中,把"HI RO"叫成"SHI RO",所以昵称为小白(SHI RO)。而五郎误以为小白(SHI RO)是史郎(SHI ROU)的昵称。

机，只是每当我看见五郎认真工作的身姿，就对游手好闲的自己感到羞愧不已，一直不敢把真相说出来。

把五郎在琦玉县打工一事告诉我的，就是在这里住院的老爹。

和老爹的再会，是在三年前的冬天。朋友在成人式[1]上喝高了，得了急性酒精中毒，我就陪着他一同来到这间医院。就在那时，我在医院里看到了父亲的身影。虽然已经十年未见了，但是我一瞬间就把他认了出来。他身上有一种不知道是气质还是什么的东西，反正和普通人完全不一样，只不过在我印象中，他应该是更加高大的男人，没想到现在只是一个和我身型差不多的老男人。

我跟在老爹的身后，当他进了病房之后，我上去确认了门牌上的名字。没错，他就是我的父亲，就是那个在我三岁时，和我一同生活过的男人……就在这时，对方注意到我的视线，朝我望过来，在我们两眼神相交数秒之后，就听他问道："你是……小……白吗？"我没想到他能认出一头金发的我，只得老老实实地承认下来。在那之后，我又去医院与他见过几次面，原来他之前经常去福利院探望我，所以就算我染了头发也能从五官上认出我。不过，有一个问题

[1] 成人式是日本为祝贺年满二十岁的青年成人而举行的仪式，又称成人节。

我从来没有问过他——"为什么谁都不来接我回去"，因为无论是"不能来"也好，"不想来"也好，对我来说都已经是过去的事了，比起这个，我更想知道哥哥五郎在这十年里，变成了什么样的人，过上了什么样的生活。

我不太记得三岁之前的事……那时我跟母亲和外婆生活在一起。说是生活在一起，其实大部分时间是我被寄放在别人家，晚上再被她们接回家去。就算回到家里，也没有热菜热饭给我吃，她们只会哄我早点睡觉。所以当圣诞夜那天，亲生父亲前来迎接我的时候，我突然觉得今后的人生一定会发生巨大的改变。那种感觉就像从未见过的圣诞老人真的出现在面前一样。而且，第一次见面的"哥哥"也这样问我：

"你相信有圣诞老人吗？"

对我来说，不管相信不相信，我都希望圣诞老人是真实存在的，所以我点了点头，但我又加上了一句："但是他从来没有来过我家呀。"哥哥就微微笑着对我说："那今晚我们一起等圣诞老人过来好吗？"听到这句话，原本紧靠着父亲双腿的我，立刻朝着哥哥扑了过去。直到现在我都清楚地记得，那时哥哥用力地握住了我的手掌，他的手是那么的温暖。

从十多年后再会的父亲的嘴里，我打听到了"哥哥"的消息，原来他现在住在琦玉县。我烦恼了好一阵，最后还是决定搬到离"哥哥"近一点的地方去。其实我很担心，如果他变成了一个讨厌的家伙怎么办，那我唯一值得回忆的快乐往事不就要被抹黑了吗？但是我一直劝说自己，与其不见后悔，不如见了再后悔。最后我终于出发去了琦玉县。

在万事屋找到一份工作之后，我就跑到哥哥工作的弹珠店去看他。当我看到被镇上的大家所信赖，被亲切地称为"小五郎"的哥哥的身影时，我差点哭了出来。

我最喜欢的那个"哥哥"，他默默地给店里的野猫们喂食，不温不火地与开朗的弓子婆婆聊天拌嘴，不卑不亢地与镇上首富门仓老头交涉争取，他一直都是这样淡然地干着自己的工作。虽然他看起来有些冷漠，带着些打不开的心结，但是他依旧是我心目中的那个"哥哥"。

在那之后不久，原来只是店员与顾客关系的我们，突然迎来了使得两人关系遽然升温的事件。

因为手头紧，我滋生了去偷镇上首富门仓的硬币的念头。然而当我的行动被门仓察觉之后，他立刻大怒，冲着我大声吼起来：

"你这只偷腥的猫！居然占便宜偷别人的硬币，真是个垃圾！"

"干吗啊，就分我一箱，有什么关系嘛，小气社长。"

我知道自己在胡搅蛮缠，但是我真的很需要钱。当时门仓狠狠地训斥了我一顿，还说了些我听不懂的话。不过在这之后，我马上就被卷入了弃猫事件中，在经历了一些事情之后，我的金钱观也随之发生了很大的转变，与此同时，我和哥哥之间的关系也拉近了不少。我们一起喝小酒，一起陪着弓子开展动物保护活动，渐渐地变成了可以称兄道弟的关系。

但是，随着我与哥哥的关系越来越亲近，我就对自己的谎言感到越来越痛苦，"必须要赶快找个机会说明自己的身份……"这样的想法一直催促着我、折磨着我。

某一天，弓子管理的"寻亲笔记"上，突然贴上了一则与福岛有关的寻猫启事——有人花了三年的时间在寻找一只瞎了单眼的黑猫……如果找到这只黑猫，说不定我就有机会和五郎一起回福岛了。回去之后，五郎应该会去医院探望老爹吧。到时我就陪他一起去，这样就有三人同处一室的机会了。然后我可以趁机表明，我其实就是他的弟弟一事……这样一来，我就能给长久以来的谎言打上一个终止符了……

　　就在我不断盘算这件事时，门仓的儿子祥太郎告诉我们，他偶然地得知了关于这只黑猫的事情。这是我生下来头一次觉得，这个世上也许真的有奇迹存在。不管这是奇迹还是偶然，该来的总是会来的。在名为"人生"的故事中，这也许只是一个早已写好的片段。

　　然而，祥太郎做了件让我们意想不到的事——他只身一人跑去了福岛。不过托他此举之福，我终于有了和五郎两人一起去福岛的机会。

　　我立刻和住院的老爹取得了联系，他对于三年后的重逢感到惊喜万分。我偶尔还会跟他通通电话，但是五郎在这三年间跟他完全断绝了联系。所以我就打算，先自己一个人去见父亲，与他商量妥当之后再见机行事。

　　在开往福岛的新干线上，我横下心来告诫自己，就算五郎在得知我们真正关系之后会失去对我的信任，我也要让他和父亲见面，宁可相见后悔，也不能不相见后悔。回想起当初搬到他身边的决心，这次我也要做好同样的觉悟，哪怕我们之间的友谊无法继续下去，我也一定要完成这件事。

　　和"哥哥"第一次相遇是在圣诞夜，而今天也是圣诞夜，我一定要在今天说出全部的真相。

隔壁的五郎为了给我解闷，不停地找我聊天，但因为我脑子满满全是这件事，所以说起话来很是心不在焉。我心心念念地期盼着，在回去的新干线上，我一定不要再以朋友的身份，而是以弟弟的身份坐在他身边。

*

我带着黑猫小白，一起在汽车上摇晃了1个小时之后，终于到达了目的地。这里靠近所谓的警戒区，虽然有不少建筑物，但是却看不到几个行人，一眼望过去十分空旷寂寥。

我读了车上的新闻报纸，上面介绍了我们前去的欧贝娜福利院。那里原本入住了大量的老人，但是因为工作人员人手不足，加上交通不够便利，所以安排了不少人去其他的福利院。

其中有一部分老人移居去了关东的福利院，就是托他们热心相助之福，黑猫小白的主人才能得偿所愿和心爱的宠物再次相逢。

推开福利院的大门，我就看到祥太郎在入口大厅和老人们聊着天。他用挂在脖子上的一次性相机拍了不少照片，这些照片都摆放在桌子上。祥太郎和老人们一边谈笑风生,一边翻看着那些照片。

注意到我之后,祥太郎一边喊着"小五郎和小猫咪!"一边欢快地向我跑过来。他一口气抬起装着黑猫的箱子,说:"我给婆婆看看。"然后又小心翼翼地朝老人奔了过去。

长途旅行下来有些疲惫,我本想讨杯水来喝,但因为不想错过黑猫和婆婆再会的场景,就跟在祥太郎后面追了过去。

祥太郎来到一扇写着"纪子小姐的房间"字样的门前,伸手敲了敲门,大声喊道:"婆婆!小猫咪来了!"十多秒之后,房门被缓缓地打开,里面走出来一位驼着背,白发苍苍的老妇人。这位名叫纪子的白发老人,静静地凝视着祥太郎手中的箱子,然后发出了颤抖的声音:"小……白……?"随后她抬起头来,带着感激的神色对着我合掌作揖:

"你就是专程从琦玉把小白送过来的人吧?"

"啊啊,这个……其实还有一个人,但是在等汽车的时候他那边突然有点事,所以就我一个人来了……"

"是这样呀,那真是太感谢你们了,来来,到里面坐吧。"

就在我们寒暄的时候,四周的老人都围了上来:"纪子小姐,这真是太好了！""让我看看小白的脸。""快点抱抱它呀！"一时之间热情的问候四处响起。纪子小姐与爱猫再度相会的喜悦，大家也正在跟着一同分享吧。在这里居住的老人们，就像庆祝亲人的团聚一样，祝福着纪子小姐和小白的再会。听说这个福利院取得了饲养宠物的许可，就算老人们去世了，也会妥善处理留下来的宠物。

我接过纪子小姐递过来的茶水，大大地灌了一口，然后将小白从笼子里放了出来。

小白四处张望了一会儿，然后紧紧地盯住了纪子的脸，慢悠悠地钻出了铁丝栏。满脸皱纹的纪子小姐不停地眨着双眼，然后流下了眼泪。"小白……对不起，那时，真的没法带你一起过来……对不起……你一定很寂寞吧？一定很害怕吧？我好想你啊……小白，见到你真是太好了……"纪子小姐一边呢喃着，一边不停地抚摸着小白的脑袋，黑猫小白也心情很好的样子，将整个身子匍匐在纪子的膝盖上，喉咙里发出咕噜咕噜的声响。

就算语言不通，但是也会有心灵相通的一刻啊……

一直像蒲公英绒毛一样随波逐流的我，有幸见证了八十岁的纪子小姐和二十岁的小白之间的感人再会，我再次意识到，活着是一件多么可贵的事，绝对不可以轻易地放弃自己的人生。

我感觉到，自己心中有些深藏的事物，被渐渐地唤醒了。

大地震之后，我一次也没有去医院探望过父亲，虽然我多少也有些愧疚，但是因为我一直觉得是父亲一手造成了母亲和弟弟的出走，所以多年以来一直都在心底怨恨着他。现在的我，终于有了正视心中复杂情绪的勇气。

其实我一心怨恨的人，真的是父亲吗？也许我怨恨的是，从未去寻找过母亲，顽固地认为自己是被母亲抛弃的孩子，就这么理所当然地认了命，浑浑噩噩地活到现在的自己吧。

不想填上心中的大洞，不去认真读书也不去努力工作，无所事事地在社会中随波逐流，对于这样的自己，我感到非常的生气。

在我纠结不已的时候，隔壁房间的沙夜婆婆推开房门走进来，对纪子小姐说："也让我抱抱吧。"

沙夜婆婆和纪子小姐一样，地震时不得不与家里的爱犬分离，稳定之后就一直在打听它的下落。虽然一直坚信它还活在世上，但是开始处理倒塌房屋之后，就在家中的走廊里发现了它的尸体……

沙夜婆婆一边温柔地抚摸着膝盖上的小白,一边娓娓道出了悲伤的往事。然后沙夜婆婆又看着小白,对它说:

"小白,和纪子小姐再会真是太好了。能在活着的时候,再次感受到纪子小姐的温暖,真的太好了。"

也许是想起了爱犬最后的模样,沙夜婆婆双眼含泪地对我们说:

"活着,就是个奇迹啊。"

"奇迹?"

我不由得反问道。沙夜婆婆则轻轻点了点头,又继续说道:

"是啊。与思念的人再会,大家都认为这是理所当然的事,但是像我们这样的人,能够活在人世,能与重要的人或是重要的宠物再会,绝对不是一件理所当然的事。一旦失去性命,这些就都成为不可能实现的事了,我们这些住在东北的人无论心里多么的厌恶,也都感受过很多次现实的残酷了……能和思念的人再会,与思念的宠物再会,对我们来说就是一种'奇迹'啊。"

沙夜婆婆说完之后,和她一同抚摸小白的纪子小姐也开了口:

"没错啊,我和小白之间,一定是被奇迹的红绳所牵引着。活着真是太好了……为了今天这个日子,活着真是太好了……"

活着真是太好了……这句话，在我的脑海中反复回荡着。

在我二十九年的人生中，有过觉得"活着真是太好了"的时刻吗？

我还没有活到婆婆她们一半的年纪，却从来没有过想要感谢自己的人生。

不要说感谢人生了，就连与他人的相识相交我也没有过多的感觉，我都没有意识到，其实这些都是名为"理所当然"的奇迹。

纪子小姐想与小白再会的心愿，得到了关东福利院的朋友们的重视，正是因为他们的奔走相助，才最终实现了这次再会。

若是我，会不会为了别人的心意如此费心费力呢？

我想与温柔的母亲、无可替代的弟弟再次相见，这样的奇迹又会不会发生在我身上呢？

蹲在沙夜婆婆膝盖上的小白，从喉咙里发出了呼噜呼噜的声响，然后又慢悠悠地爬到了祥太郎的膝盖上。随后，祥太郎对纪子小姐提出了一个疑问：

"婆婆呀，这只小猫咪明明是黑猫，为什么叫'小白'呢？"

如果宏梦在这里，也一定会跟他提出同样的问题吧。就在我这

么想的时候,小白的主人纪子小姐,则带着一副颇有深意的表情回答道:

"'小白'这个名字,不是我取的哦。"

"咦?那是谁?"

面对祥太郎天真无邪的反问,纪子小姐讲述起了这个名字背后的故事。

"小白呢,是在一位有名的陶艺家的庭院里生下来的。因为那家夫人没法继续照顾它们,所以就被带到我家来了。在我丈夫还活着的时候,家里是开动物医院的,所以她希望留在这里为它们寻找新主人。加上母猫一共有五只,最后由附近的人分别领养了,而这只单眼看不见的小猫,就由我家来照顾。你看,因为我家是动物医院,所以就想试着帮它治疗一下眼睛。"

听到这里,我的内心不由得骚动起来。

在陶艺家庭院出生的小猫?加上母猫一共五只?跟我家的那些黑猫的数目是一样的……虽然母猫生了五只小猫,但是有一只在池塘里溺死了,所以四只小猫加上一只母猫正好是五只……

小时候经常玩耍的那个庭院,在我的脑中渐渐地清晰起来,我

急切地想向纪子小姐确认一些事,但是脑子里一片混乱。这时纪子又开口说道:

"之后不久,有一位女性来我们医院工作,她的过去十分的坎坷……"

"然后呢?"被纪子的故事吸引的我,急忙在心中追问道。

"她有一个年幼的儿子,但是为了照顾生病的母亲,经济上非常拮据,最后不得不将他送去当了养子……"

"养子?"

祥太郎歪着头,向纪子小姐问道。

"是这样的。就像祥太郎的朋友帮忙照顾小白一样,养子就是去别人家里接受照顾的意思。这位女性,把我家的小黑猫和她儿子的身影重叠起来,给小猫取了自己儿子的名字。"

"那么,她的儿子就叫'小白'咯?"

听到祥太郎的问题,纪子小姐温柔地回答:"是呀。"

得到认同的祥太郎心满意足,然而我内心的鼓动却变得越发的激烈。

没错……那个陶艺家就是我的父亲,那个在纪子小姐的动物医院打工的人,就是史郎的母亲!我家附近的确有一家动物医院,不过在我小学时就关门了，所以我从来都没去过那里。

我完全没想到史郎的母亲就在离我们这么近的地方工作……而且，史郎的母亲和我的父亲之间究竟是什么样的关系？

不一会儿，祥太郎又开口问道：

"不过，那人为什么给儿子取了一个像狗的名字呀。"

"这个呀，其实呢，小白不是他的本名。"

"本名？小白不是他真正的名字咯？"

"是的，他的本名叫……哎、叫什么来着……"

我不由得把心中那个名字说了出来：

"那个孩子的本名，是不是叫'史郎'？"

纪子小姐突然看着我的脸，说道：

"史郎……不，不是这个名字。"

"！"

"'小白'这个念法是方言的发音哦。那位女性……啊，她的名字是小百合，在小白合的家乡把'HI RO'叫成'SHI RO'，所以那孩子的本名是叫'HI RO SHI'……不，应该是'HI RO MI'吧……说起来，这孩子的名字里有一个'梦'字……啊，我想起来了，是叫'宏梦'，对，没错，就叫'宏梦'！"

一瞬间，我觉得时间突然停止了，连自己身在何处、准备要做什么都不知道了。

现在回想起来，并没有谁告诉我小白的本名叫"宏梦"，只不过是我擅自把"小白"转换成了"史郎"而已。因为自己的名字里有一个"郎"字，就自以为是地觉得弟弟的名字里也有同样的字……

高中毕业的时候，我去区政府调查过我家的户籍，但是那上面并没有记载弟弟的名字，父亲对这件事也闭口不谈。所以直到现在我都没有确认过弟弟的真名。

在我不知所措的时候，在一旁抚摸着猫咪的祥太郎突然问道："宏梦……？是指小宏梦吗？"纪子小姐说："他是小百合的儿子，你认识他吗？"祥太郎盯着垂头不语的我，像征求确认一样地问道："你也认识他吧？小五郎。"见到我们这个样子，纪子小姐便朝我望过来，她问出了这样一句话：

"小……五郎？你，难道就是那位陶艺家的……儿子？"

我默默无言地点了点头。

"原来是这样，这样啊，真是太有缘了。五郎的母亲交给我的这只猫，竟然是由五郎本人给我送过来的……一定是你天国的母亲让我们相见的。"

"在天国的……母亲？"

"是啊，年纪轻轻的……五郎这么小就没了母亲，一定很寂寞吧。而且，还是在那种情况下丧命……还真是可怜啊。"

我完全无法理解纪子小姐在说什么。

从母亲带着弟弟出走之后，我就完全失去了他们的消息。我一直以为他们在什么地方幸福地生活着，但是……母亲居然去世了？

在那种情况下丧命……这又是怎么回事？

*

"喂，小白。有关你母亲的事……"

老爹一屁股坐在庭院的长椅上，喝了一口咖啡，神情严肃地对我说了起来。

"她回过一次故乡，不过现在人好像在福岛。"

"明明就是抛弃我的母亲，这种女人的事没什么好调查的。"

"以前我就说过，小百合并没有抛弃你。她那个时候实在是没有办法，无论在经济上精神上都没法好好地照顾你，才把你暂时托付给我的，她一直希望能早点把你接回去一起生活。"

"对小五郎的母亲来说，真是个大麻烦呢。不知道哪里来的孩子突然从天而降，还不得不照顾他……呵呵，真是讽刺。"

"对于五郎的母亲，我真的感到非常抱歉……她在那个世界，也一定还恨着我吧。"

"那个世界？"

"是啊，他的母亲很早之前就去世了。"

"？！"

"她是个身心都很脆弱的女人，一直反复地住院接受治疗，为了我这个随心所欲的男人，她一定非常的失望和伤心吧……还有，你还记得小猫在池塘里溺死的那次，五郎的母亲狠狠地扇了你耳光的事吗？"

"什么？我被五郎的母亲？不是我的母亲？"

"你的母亲不是那种会伸手打人的人。当然，五郎的母亲其实也是个温柔的人。但是眼见自己的儿子掉进池塘，她控制不了对你的责难之情，所以才会失手打了你。打下去的那个瞬间，她就意识到自己已经不行了吧。不管是五郎还是你,她都没有自信再养育下去了,所以把你托付给福利院之后,她就立刻……从高速公路的步行桥上跳下去了。明明……明明最混账的人是我啊……"

一直以来,我都以为自己被母亲虐待了。但是事实上,我只被打过一次,而且打我的并不是我的母亲,而是五郎的母亲。

不过最重要的是,我竟然得知了五郎母亲的死讯。

"这件事,小五郎他……"

"他什么都不知道,五郎一直以为母亲和弟弟在什么地方幸福地生活着。我很怕他知道真相后会怒不可遏,所以一直不敢告诉他。我真是个狡猾的父亲啊……"

老爹结结巴巴地,说出了长久以来埋藏在心底的真相。

他也许不是个狡猾的人,只是个软弱的人罢了。他没有面对现实的勇气,丧失了所有的自信,只得整日喝酒买醉逃避一切。即便如此,我也不能轻易地饶恕这个人犯下的错误。我认为这些真相必须让小五郎知道。不然的话,他就会跟我一样,一直误以为自己是

"被母亲抛弃的孩子"。我非常清楚这种悲伤,这种悲伤只会让自己心中的空洞越变越大。我不想让这个无可替代的"哥哥",继续承受这样的痛苦。

"小白,你的母亲……小百合她,十年前取得了护士的资格,现在似乎在田村市的福利院工作。她没有结婚,一直独身的样子……这些都是以前的助手告诉我的。小白,你再去见见她吧?"

"啊?你叫我现在用什么脸面去见她?难道要跟她说:'好久不见,我是你儿子'吗?"

不,等等,说到田村市……不就是小五郎送黑猫去的那个地方吗……

世上没这么巧的事吧,如果他真的遇到我的亲生母亲,还不小心把我的事捅出来的话……小五郎会不会以为我和老爹联手在欺骗他?

"喂、老爹,那个福利院的名字叫什么?"

"好像,是叫'欧贝娜'吧?"

这不就是五郎送黑猫去的那个福利院的名字吗？

去不去见亲生母亲，对我来说也许已经没有选择的余地了。如果现在不过去的话，我和五郎之间的信赖关系说不定就要毁于一旦了……

我打算从三年前的谎言开始，向五郎坦白所有的真相。下定决心之后，我便离开了老爹的医院，向名叫"欧贝娜"的福利院赶了过去。

*

黑猫的饲主纪子小姐，对着已长大成人的我，毫无保留地说出了全部的真相。

我的母亲已经不在这个世间，而且，她还是自己了结性命的。这个真相彻底扭转了我的记忆，我一直认为母亲抛下了我，选择了弟弟离家出走。不过最令我吃惊的是，父亲与情人生下来的那个孩子"小白"，居然是宏梦……在那个宽阔的庭院里，和我一起奔跑玩闹的弟弟，竟然就是宏梦……我的心中不由生出一股复杂的情绪。在小猫溺死的时候，被母亲狠狠甩了一个巴掌的，也是宏梦……

去母亲笑容的,也是宏梦……过去种种回忆像走马灯一样,一一浮现在我的脑海中。

说起来,宏梦知道这些事后又会怎么想呢?一直像朋友一样亲密相处的我,竟然就是他的亲生哥哥……我们两人之间,今后要如何相处下去呢?打上了休止符的友情,究竟会变成什么模样呢?

对我们的谈话失去兴趣的祥太郎,一个人跑去了大厅。

我十分在意宏梦母亲的去向,便将心中的疑问提了出来:

"纪子小姐,宏梦的母亲,在那之后去了哪里呢?"

"小百合?她是个很讲道义的孩子啊。因为我们在她最困难的时候帮了她,所以在我的丈夫去世,动物医院关闭之后,她仍然坚持每天过来,以保姆的身份照料我的日常生活。大概是十年前吧,她考取了护理护士的资格,现在仍在我身边照顾我呢。"

"也就是说?"

"小百合她,也在这个福利院工作呢。"

说完,纪子小姐便推开房门,指着走廊的一处对我说:

"你看,那个系着粉红色围裙的人,就是小百合。"

我从走廊上探出头,与抱着一个大大的洗衣篮的"小百合"四目相对。

宏梦的母亲看起来五十出头，有着白皙的皮肤、瘦长的身形，还有一双细长的眼睛，跟宏梦长得非常相似。对上我的视线后，她露出了一个亲切的笑容，细长的眼睛勾出新月的形状，温柔地同我打了招呼："你好。"

"这个人，就是陶艺家父亲的助手……"

不能说就是她把母亲逼入死路的，但是因为她的出现令我的家庭陷入了痛苦深渊，这是无法争议的事实。我也是三十岁的成年人了，事到如今再去责怪她也没什么意义了，如果现在宏梦在这里的话……无论宏梦平日有多么活泼开朗，遇到这种事也一定会陷入震惊和不安当中吧。考虑到这一点，我突然觉得在车站分开行动也不是坏事。

正当我陷入沉思时，手机却突然响了起来，画面上显示着宏梦的名字。

怎么办……我现在心头一团乱麻，能跟他好好说话吗？

但是拒接电话又显得不太自然了，所以我只好按下了接听键。

"喂喂。"

"啊,是小五郎吗?你在哪儿啊?"

"我还在福利院……"

"是吗?太好了,我到福利院的玄关了。你出来一下行吗?"

说完,宏梦就把电话挂了。也许是我的错觉,宏梦的声音听起来比平时的低一些。不过他不是跟当地的朋友聚会去了吗?怎么会又到这里来?我揣着这些疑问,迈步向大楼外面走去。

刚出大门,就看到宏梦正坐在陈旧的长椅上吞云吐雾。

"小五郎,辛苦你了。"

"喔,也没什么啦。"

无论如何,我都没法用以前的心态面对宏梦。眼前这个人就是我的弟弟……我一面缅怀着过去的种种,一面焦虑着该如何对他讲明真相。

宏梦把烟头在烟灰缸里按熄,缓缓做了一个深呼吸,然后开口说道:

"小五郎,抱歉,我对你撒了谎。"

"撒谎?"

"是啊,其实,我……"

宏梦刚开了一个头,他的母亲小百合就从大楼里走了出来。

"打扰了,待会大家要一起喝茶,方便的话也一起来吧,两位长途旅行也很辛苦吧?"

我立刻回答道:"谢谢,我们这就过去。"随后又看了看宏梦。而宏梦就像感应到什么似的,目不转睛地盯着小百合离开的背影。

"小五郎,那个人,大概就是我的母亲吧。"

"咦?你……知道了?"

"这个说法……难道小五郎你也……知道了?"

我们交换了彼此掌握的情报,将所有的真相都揭露了出来。

长椅一旁的烟灰缸里,堆满了我们两人抽尽的烟头。

一只黑猫,竟然指引我们走向了一条必须面对真相的道路。

宏梦从盒子里抽出最后一支香烟,维持着背对我的姿态,说出了一句话:"小五郎,我……觉得自己能活着真是太好了。"

但是我,却无法回应他这句话。

*

二十年前，我爱上了一个不该爱的男人。

我立志成为一位名叫竹内昌宏的陶艺家的弟子，为此，千里迢迢地从东京小镇跑到他家中拜师学艺。当时的我，真的只是一心一意想深造陶艺而已。

幸运的是，当时有一名处理日常事务的弟子正巧辞职了，我就接过了他的工作。

竹内先生有一位喜爱花草的美丽夫人，还有一个正在读小学的儿子——五郎君。我一边照料五郎君的生活，比如帮他念念书，或是帮他检查作业，一边接受先生的指导学习陶艺。然而，随着这样的日子一天天过去，我渐渐对先生产生了超越师徒关系的感情。

当然，我并不打算向他表明这份感情。因为一旦我这么做了，我就无法以助手的身份继续留在他身边了，最重要的是，对有妇之夫产生恋爱之情是被世俗所不容的，我反复地告诫自己绝对不可做出越轨之事。但是我控制不了自己的感情，不管怎样压抑这份感情，它都会源源不断地涌现出来。

日复一日，我对先生的感情愈加深重。束手无策的我只得从先生家里搬出来，住到了附近的一间公寓里。

搬出去不久之后，我就患上感冒，久治不愈，所以我就停了下陶艺学习，再也没去过先生家了。之后，有个地方报社找上我，希望我写一份有关先生的专栏，先生亲自给我打了电话，说想跟我谈谈有关专栏的事。

他说，因为我有在东京商店街做地方新闻记者的经验，所以非常希望能由我来写这个专栏。其实，正是因为我做记者时，偶然出席了一次竹内先生的陶艺作品展示会，对先生的作品一见倾心，才会下决心学习陶艺，做出了去先生所在的福岛拜师学艺的重大决定。

得知先生希望我来写专栏之后，我就像发烧了一样脑子里一片混乱。为了迎接先生的到访，我急匆匆地换上衣服，在狭小的六叠单间公寓里接待了先生。

在之后的日子里，为了写稿和修稿，我和先生频繁地接触着，最终，我们之间变成了脱离社会伦常的关系。

我自觉再无颜面对夫人和五郎君，只好辞去了先生助手的工作，过上了一心一意在六叠的单间公寓中等候先生前来的日子。

这样的生活持续了三个月，某一天我突然接到通知，独自在东京生活的母亲突然病倒了，她的病情非常严重，必须马上接受手术。

担心不已的我马上收拾了行李，回到了东京。

后来，母亲的手术总算是顺利完成了，但医生告诉我，手术后遗症会导致四肢行动不便，所以今后母亲日常起居生活都必须有人照料。对此，我做好了再也不能回福岛的觉悟，同时也生出一股懊悔之情，觉得是因为自己做出了违反伦理的事，才会受到这样的惩罚。

我搬离了那个等候先生前来的公寓，把所有的时间和精力投入在母亲的照料之上。我和先生的这段不伦之恋，虽然谁也没有提出过分手，但两人都心有灵犀地让它自然而然地结束了。

母亲在我的辛苦照料之下终于有了一些康复的兆头，然而就在这个时候，我发现腹中孕育了新的生命。

原先只是有些怀疑罢了，但是去医院进行检查之后，被医生亲口告知："恭喜你，已经怀孕三个月了。"我强压下心中不安的情绪，余下的满满全是喜悦之情。

第二年的秋天，我生下了一个活泼健康的男孩子。就连之前极力反对我生产的母亲，在亲眼看到孩子之后也露了笑容。

我从先生的名字中取了一个字，给孩子取名为"宏梦"。对于疲于照顾母亲的我而言，宏梦是我的一道希望之光。

两年的岁月飞逝而过，母亲已经康复得差不多了，平日她在家照顾宏梦，我则为了维持生计出门打工。

出生于平民区的母亲，一直把宏梦呼唤为"小白"，周围的人也跟着母亲这样喊，不知不觉当中"小白"就变成了宏梦的小名。

然而这种平稳幸福的生活，并没有持续太久。

在宏梦三岁的冬天，迎来七十岁高龄的母亲确认患上了老年痴呆症。虽然之前就有一些异常的言行，但是没想到病情会恶化得这么快，现在无论谁看到母亲，都会觉得她的言行很异常。

我的父亲在我很小的时候就去世了，去福岛之前一直都是我和母亲两人相依为命。母亲一直支持我去实现自己的梦想，无论是兴趣培养也好上补习班也好，无论我想做什么她都会全力以赴地支持我。我也想全心全意地报答她的养育之恩，所以我又重新投入到对母亲的看护当中。但是，现实并非是一帆风顺的，为了支付母亲的治疗费和住院费，我不断地向外举债，结果数额越滚越大，最终，我陷入了经济上身体上都无法照料孩子的困境。

束手无策的我强忍下羞耻之心，给竹内先生寄去了一封信。把宏梦出生的事，母亲需要看护的事，还有负债累累的事，都写在信上……

先生很快给我回了信，说会尽力帮助我渡过难关。之后，他便时常到东京探望我们母子，还会陪着宏梦一同玩耍。

当年的事情我曾经后悔过，但是事到如今，也只能继续这样纠缠先生了，因为我真是走投无路了……我说服我自己，无论如何，我现在只能努力熬过每一天，拼命地继续活下去。

这一年的冬天，先生提出了想要收养宏梦一事。

摆在眼前的现实是，我没法在看护母亲的同时照顾好宏梦。然而我又出不起让母亲去养老院的费用，但是我也不想把宏梦送去福利院，我觉得这样对他很不好。这些事情让我伤透了脑筋，最终，我还是决定把宏梦寄养在先生家。我跟先生确认他的家人是否同意这件事时，先生只回了一句"没关系"。即便如此，我依然觉得让宏梦在宽大的房子里接受良好教育，对他而言就是最好的选择。就算留在我身边，我也抽不出什么时间和精力去陪伴他，我甚至没法让他念书。

更重要的是，在竹内家有一个跟他血脉相连的哥哥。五郎君是个非常温柔的孩子，他一定会好好疼爱宏梦的。这也许只是我自私的一厢情愿，但是我只能在心中默默地这么期盼着。

下定决心把宏梦交给先生之后，我就与先生约好，宏梦不是作为养子过继给竹内家的，只是让他暂时寄养在那里，以后等时机成熟，我还会把他接回来跟我一起生活。

然后，在宏梦三岁的圣诞夜，先生把宏梦接回去了。

作为最后的回忆，我紧紧地抱住了宏梦。拥着那个小小的身体，我由衷地期盼着，希望宏梦能永远记住这份温暖……

过了半年之后，我对宏梦的思念日益加深，无论如何也想看上那孩子一眼，为了抽出行动时间，我便把母亲交到养老院寄放了一天。

把母亲安排妥当之后，我用辛苦攒来的钱买来了车票，坐上了夜班汽车，向着宏梦所在的竹内先生家驶去。

傍晚时分，我来到了竹内先生家的庭院附近。我偷偷地朝里面窥探过去，一眼便看见在宽阔池塘边，跟小黑猫亲昵玩耍的宏梦的身影。

"小白……"

我的眼中溢出了泪水，心中涌出了一股强烈的，想要上前拥抱他的冲动。如果突然出现在他眼前，这孩子一定十分困惑吧。我努力地克制自己的冲动，不停地告诫自己："只要见一面就好，一面就好。"

见过宏梦之后，我又踏上了返回东京的路程。

在那之后又过了一年，母亲就因为急性脑溢血发作，干脆地撒手人寰了。被留下来的我，开始认真考虑今后的人生。迄今为止，只求着能活下去就好的我，在变成一个人之后，竟不知道如何面对今后的人生。

我带着一颗千疮百孔的心，浑浑噩噩继续着打工赚钱的生活。就在这段期间，我对宏梦的思念越发深重，一发不可收拾。

虽然我不能给他富裕的生活，但是现在我有精力好好照顾他了啊——

安放好母亲的骨灰之后，下定决心的我给竹内先生打去了电话。然而电话那头响起的却是"您所拨打的电话是空号"的电子提示音。

宏梦他，一定在新环境中，和家人们过着幸福美满的生活吧……

竹内先生已经好几个月没跟我联系了，既然没有音讯，就说明他们现在的生活没有问题吧……那个时候，我自以为是地得出了结论。然而事实却并非如此，后来我想，这也许是上天对自私的我的一种惩罚吧。

说起来，想和宏梦再度一起生活的梦想，虽然是我的希望之光，但其实也许只是我单方面的一厢情愿罢了……

母亲去世，儿子不知所踪，这样的我突然有了一种被全世界所抛弃的感觉。

一个人在东京的生活实在是太寂寞了……至少去能感受到宏梦气息的福岛居住吧，我做出了这样的决定。

搬到福岛之后，我四处奔波寻找工作，不知不觉来到竹内先生家的门前。令我吃惊的是，那个家居然已经被卖掉了，里面早已空无一人。

我抱着一种被遗弃的失落感，步履蹒跚地走在大街上。就在此时，眼前出现了一栋规模不大的动物医院，门口贴着一张"招募打工者"的纸条。

玄关处有一只单眼失明的黑猫，正在灵巧地舔着自己的毛。我一下就想起了宏梦在竹内先生的庭院中与小黑猫亲昵玩耍的场景。就像被什么吸引住了一样，我走进了动物医院，向里面的人表达了我的意愿。当听说我有看护母亲的经验，曾经在福岛住过，为了和孩子一起生活急需赚钱之后，动物医院的院长夫人温柔地对我说："可以的话，你以后就在这里工作吧。"

在那之后，我就抱着一种将人生从头来过的心情，全力以赴投入到新的工作中。

某一天，我与夫人聊起医院饲养的黑猫，当知道它的来历之后，我十分的震惊。

"这孩子啊，它是在一位有名的陶艺家的庭院中出生的，但是因为夫人突发情况没法继续照顾了,才送到我家来的。"

陶艺家的庭院?我的脑中又浮现出庭院中疼爱猫咪的宏梦的身影。

这只黑猫,是竹内先生的夫人带过来的猫……这么说来,它就是我去竹内家的那一天,跟宏梦亲昵玩耍的那只猫。

"小白……"

我举起了那只单眼失明的黑猫,轻轻地把它抱进怀里。似乎通过它的身体,就能感受到宏梦的体温。

看着我做出这番唐突的举动之后,善解人意的院长夫人轻轻地拍了我的肩膀,对着她,我终于把深埋在心中的一切事情都说了出来。从违背社会常理的不伦之恋开始,到后来背负上种种重担……听了我的讲述之后,纪子小姐便把竹内先生贩卖家宅的缘由告诉了我。因为大人自杀一事,让竹内先生深受打击,从此开始疯狂地酗酒,最后落到家宅也不得不卖掉的境地。知道这些事之后,我陷入了深深的自责当中。竹内先生的夫人在收养了宏梦之后,一定承受着我无法想象的压力和辛劳。

只有我一个人轻松自得地活着,这样真的可以吗……

我紧紧抱着黑猫,哭得泣不成声,纪子小姐依然温柔地抚着我的后背。

那一天,她知道并接受了我的一切,包括我的过去。

黑猫没有固定的名字,平日被大家唤作"小黑"或是"小咪",我就拜托纪子小姐为它取名为"小白",我们一边帮它医治失明的单眼,一边细心地呵护它长大。

十年之后,担任动物医院院长一职的纪子小姐的丈夫去世了。长久以来,他们夫妇二人都将我当作亲生女儿来疼爱,现在应该轮到我来照顾纪子小姐了。我决定今后跟失去丈夫,变得孤身一人的纪子小姐一起生活。将我从悲伤深渊拯救出来的纪子小姐,我一定要将她当作亲生母亲一般孝敬。

搬到福岛的十年后,我充分发挥了当初看护母亲的经验,努力考取了护理护士的资格。就在那不久之后,我们所居住的东北发生了大地震,在地震中很多房屋都被毁掉了。我们前去的避难所不准携带宠物,被逼无奈之下只得留下了黑猫小白。"我们一定会来接你的！"我流着泪摸着小白的头，这样向它承诺道。最后我和纪子小姐一步三回头依依不舍地去了避难所。

但是几天之后，当我和纪子小姐再次回到家中，小白却不在了。

我和纪子小姐就像失去亲人一样悲伤难过，每天都在拼命寻找小白，但是每次都无功而返，我们已经束手无策了。最后我们只能向上天祈祷，希望小白仍好好地活在这个世上。

在避难所里住了一段时日之后，纪子小姐就决定去养老院度过余生。纪子小姐对我来说是像母亲一样的存在，我不想与她分离，所以就跟着她去了养老院，在那里做起了护工的工作。

之后，我就和纪子小姐一起，在这里度过了三年的岁月。

地震的后遗症依然影响着我们的生活，因为设施和护士的严重不足，养老院只得采取缩小经营的措施，把入住的老人分别移送到关西和关东的福利院里去。

分别在即，入住的老人们打算举办一个送别会，为了准备送别会的食物，我就在网上查询相关资料。就在那时，我找到了在关东开办料理教室的门仓小姐的博客。

门仓小姐的料理我在美食杂志上见过几次，所以便饶有兴趣地翻阅起来。

就在门仓小姐的儿子拍摄的照片当中，我发现了一只和地震时与我们分离的小白一模一样的黑猫。

我赶紧阅读了博文内容，上面写着料理教室的一名学生参加过转让会，在会上收养了这只单眼失明的黑猫……让我吃惊的是不单单是这一件事，在另一张照片上，在弹珠店门前，门仓小姐的儿子身边站着一名比着胜利手势的茶色头发的青年。照片的注释上赫然写着"我与好友宏梦君"。

宏……梦？这张照片上的青年，难道是我的孩子……宏梦？

我实在不敢相信会有这样的巧合，连忙去确认其他页面上的照片。随后我竟然又发现了"小五郎与宏梦"的照片，没错，眼前的这个青年就是我的儿子宏梦。让我更加欣喜的是，他们兄弟两人现在生活在一起，看起来关系十分的融洽。

在那个瞬间，我感受到了奇迹的存在。从小离开我身边的宏梦，如今正在关东精神奕奕地生活着……

我不禁又想起了十多年前，在圣诞夜的那天紧紧拥抱宏梦时，所感受到的那份温暖。

好想见他——

哪怕只有一眼也好,我想见宏梦——

有没有什么方法,既不会暴露自己,又能见上宏梦一面呢?

我一边苦苦地思索,一边继续翻阅着门仓小姐的博客,随后我得知在五郎君工作的弹珠店里,放着一本为动物寻找饲主的"寻亲笔记"。

看到这里,我突然有了主意。我立刻跟纪子小姐在关东的朋友联系,拜托他们在弹珠店的笔记本上,添上黑猫小白的照片和相关信息。做完这些事之后,我就一直向上天祈祷,希望黑猫小白能够引导我们母子再次相见……

几天之后,"寻亲笔记"的管理者,一位名叫弓子的女士给我打来了电话。

"你找的这只黑猫,腹部是不是跟黑熊一样是白色的?"面对对方的提问,我毫不迟疑地回答道:"是的!"

然后,就在今天,拿着小白照片的门仓小姐的儿子,就这样突然来到了我们养老院。

见到照片之后,我们终于确信它就是我们一直寻找的小白。数个小时之后，对方又传来消息，说这次会有两个年轻人带着小白前来拜访。

我把这件事告诉门仓小姐的儿子祥太郎之后，他很兴奋地说："是小五郎和宏梦哦！"

我由衷地感谢小白。都是托它的福，才能让我再次见到宏梦……而且还是在与分别的那天相同的圣诞夜里。一定是小白指引我们再次相见的……是它在我们之间系上了红色的命运之绳……想到这些，我的心脏不由得怦怦直跳，久久难以平息。

几个小时之后，已经长成青年模样的五郎君来到了养老院。当然，他似乎已经不记得我了。他对我们说，同行的宏梦在车站与他分开，去了其他地方。人生……果然不会这么顺风顺水的……我十分沮丧地干着手头的工作，然而不久之后，我就看到一名金发的瘦高青年出现在大楼的入口。

小白……

没错，他就是我的儿子……宏梦。

宏梦与五郎在外面一起抽烟的姿态，总带着些他父亲竹内先生的影子。我应该用什么的态度去与他相见呢？他们送了小白之后就会回东京了，如果我什么都不做，不就白白浪费了小白给予的这次机会吗？

所以，我尽量做出一副若无其事的样子，去跟两人打了招呼。

"打扰了，待会大家要一起喝茶，方便的话也一起来吧，两位长途旅行很辛苦吧？"

我的内心激荡不已，几乎可以听到心脏跳动的声音。

说完之后，我关上设施入口的大门，匆匆忙忙地赶去开水间。

"小五郎……我，活着是太好了呢。"

我无法回答宏梦这个朴素的问题，两人一同回到了大楼里。

我到底在犹豫什么呢。为什么不能爽快地回答他"是啊，活着当然是最好的"。宏梦出生在这个世上并不是他的错，我很清楚这一点。但是，当我深植在脑海中的"弟弟和母亲幸福地生活在一起"的记忆一旦被改写之后，一直以为是"可爱的弟弟"的存在，现在也开始产生了变化。

导致母亲自杀的最大原因，到底是什么呢？在宽阔的庭院中给花草浇水的母亲，一直都是面带笑容的。现在回想起来，母亲的笑容是从宏梦来到之后才渐渐消失的。不对，最大的原因应该是那个不负责任的父亲，所以说，宏梦是无辜的。无论是作为朋友，还是作为兄弟，宏梦都是个不错的人。就算我过去的记忆被重新改写，宏梦这个人，本质上是没有变化的。

那现在的我，到底在烦恼着什么呢？我不是不能原谅宏梦，我只是不能原谅我自己吧。

我在脑海中不停地自问自答，随后一屁股坐在了食堂的椅子上。这时宏梦的母亲走了进来，缓缓地为我倒上了绿茶。

是谁的过错呢？我的家庭变得这样四分五裂，到底是谁的过错呢？

我纠结着这个问题，抬头瞧了一眼坐在隔壁的宏梦的侧脸，他果然和母亲小百合长得很像。而他的眼睛，正紧紧盯着前方和老人们谈笑的母亲。

陪老人们聊着家常，和他们一同缝布包、玩叠纸。小百合温柔的眼角描出半月的形状，与大家进行着既平等又融洽的交流。

宏梦啜了一口茶，猛地站起身来，冲着席位上的小百合走了过去。他走到小百合的身后停了下来，然后说出这样一句话：

"什么嘛……你这人，还挺不赖的嘛。"

"嗯？"小百合转过头，慢慢地站了起来。

纤细瘦小的小百合，抬头望着宏梦，不发一语。

"你要是个差劲的家伙就好了……"

我一时间搞不清楚宏梦在说什么。

小百合似乎察觉到身份已经暴露了，她冷静地反问道："为什么这样说呢？"

听到这句话之后，宏梦露出了一副不知悲喜的表情，他淡淡地说：

"因为我很不甘心啊。如果抛弃我的母亲是个好人，那我小时候就会盼着和她一起玩耍，跟她一起生活了……"

"小白……"

"为什么你会笑得这么温柔！为什么大家这么喜欢你！为什么我的母亲不是个差劲的混蛋！如果……如果你不是差劲的家伙，我要怎么才能憎恨你呢！"

二十年来一直积累在心中的感情，此刻全部爆发出来，宏梦的眼中流出了大颗的眼泪。

而他的母亲小百合，也在这番激昂的言语之中泪流满面。

"对不起……小白……抛下了你……真的对不起……你恨我也没关系……"

对着双手捂着脸，泣不成声的小百合，宏梦这样说道：

"我，我才不恨你。"

"！"

"虽然我从小到大都想着，一定要让你对我刮目相看，但是我从来没有恨过你。"

"……为什么？"

"因为我觉得要是恨你的话，那我就输了。一旦陷入仇恨当中，我就不能活出真正的自我了。我不想变成被过去束缚的人，我才不会恨你呢。而且……"

"……而且？"

"只有一件事，我是真心感谢你的。"

"……"

"就是你曾经紧紧地拥抱过我。"

"就是……在你三岁的圣诞夜的那次吗……"

"那时的拥抱,真的非常非常的温暖。所以每当我觉得活不下去的时候,我就会回想那时的温暖,然后很不可思议的,我就会得到新的力量再次振作起来,不再畏惧眼前的困难。所以,我非常感激你给了我这份力量……"

"小白……你还记得那天的事吗?那一天,正是因为我抱了你,一直无法忘怀你身上的温暖,所以我才能支撑到现在啊。没想到你会跟我有同样的想法……谢谢,谢谢你还记得这件事……"

宏梦蹲下身体,把手放在小百合的肩头。

"我原谅你。所以,你过好自己的人生就可以了。而我也有自己的人生……是这样的吧,妈妈。"

半月状的双眼露出了温柔的笑容,宏梦果然很像他的母亲。

随后,宏梦伸出双臂紧紧地抱住了小百合,感受着这份时隔二十年的温暖。

憎恨就是失败——这句话，在我脑中不停地回荡着。

过了一会，宏梦从席子上站起来，望着小百合的脸说道：

"啊，对了，还有件事我忘记说了。"

眼泪盈眶的小百合也抬起头，看向宏梦，听他说下去。

"谢谢你……生下我。我一直苦恼着自己该不该被生下来，不过和小五郎相遇之后，我认识到绝不可以随便放弃自己的人生，小五郎一定很介意我的存在吧，不过对我来说，无论何时，小五郎都是我最喜欢的'哥哥'。我们之间，就是那种血脉相连的好友吧，反正，能和这样优秀的哥哥相遇，都是托你之福啊……"

听到这番话，我的胸口突然涌上了一腔热流。

任何人都会犯错——

原谅别人，被别人原谅，我们才能活下去。

"喂喂，宏梦，能让我插一句吗？"

"什么？小五郎。"

"你打算把'小五郎'喊到什么时候？"

宏梦恢复了往常那副吊儿郎当的样子，一边喊着"哥——哥"，一边把头搁在我的肩头。

我的人生，也许从一开始就落后了别人很多。但是，这绝不是不幸的事情。平常人觉得"理所当然"的事，我却能从中感受到十倍甚至百倍的幸福感。这不是逞强的狡辩之词，我是真心实意这样觉得的。

过了一会，原本不敢接触猫的宏梦，竟然将黑猫小白抱了起来，他轻轻地抚摸着它，然后这样说道：

"你这家伙，长这么大了啊。那个时候，没能救到你的兄弟，真是抱歉啦……"

就像听懂了宏梦的话语一样，小白朝他慢悠悠地眨了眨眼睛。

我们出生在这个世上就是奇迹。
我们生存在这个世上就是奇迹。

人是为了什么才活着的呢？
人又是为了什么必须活下去呢？

渺小的人类，到底能做什么事情呢？

在悲伤的深渊中徘徊的我们，从猫咪身上学到了最重要的事情。

今后只要我们努力地生存下去，就一定会唤起奇迹。

（完）

后 记

非常感谢您购买并阅读本书。

猫对我来说,是从一出生起就存在于身边,像亲人一样的存在,同时也是不用语言交流也能意气相投的,像朋友一般的存在。我收集了各式各样的素材,在此基础上进行加工创作,最后写出了这本有关猫咪的小说。这其中,有我与自家猫之间发生的奇妙体验,也有从他人那里采访到的"猫咪趣闻",还有刊登在媒休上的各种相关报道。

顺便一说,加上捡到的和转让的,我家中现在共计生活着五只猫。

从去年开始，在我居住的千叶县船桥县的公寓附近，来了很多只野猫。据附近的人说，它们都是被遗弃的家猫。饲主搬家之后，就把它们扔在那里不管不问了。我不清楚他们为什么会抛弃自己的猫，但是这件事让我的内心十分沉重。

这样的事情，在全国各地均有发生。无论如何，我都希望它们能和自己的主人重逢。正因为怀着这样的期待，我才在本书中写下了有关"悲伤"后的相遇、羁绊、梦想还有希望的故事。

在收集素材的时候，除了觉得动物们"很可爱""很治愈"之外，我还生出了一种"想要保护它们"的念头。从几年前开始，我就在努力学习并试着考取动物护士和动物治疗的资格了，就在今年的初夏，我终于完成这个目标了。虽然还不太清楚今后怎么运用这些技术，但是作为一件"现在能做的事"，我非常开心能够学习这些知识，这些知识也为我下一步的动物保护工作打下了基础。

最后，请容许我再次向为了发行本书，帮我整理了所有故事的 SB Creative 的吉尾太一先生表示深深的谢意。吉尾先生拥有客观的观点和优秀的编辑能力，他落到实处的指点，还有对读者真切的感情，都令我感到十分的敬佩。同时，把语言无法描述的对猫的深情用画面呈现出来的插画家 Noritake 先生，还有连文字的细微之处都精心考虑的装帧设计铃木壮一先生，非常感谢你们在百忙之中的倾力相助。

最后，感谢每一位接受我采访的人，感谢你们的大力支持。

《在最悲伤的时刻，猫咪教会我最重要的事》这本书中，融入了很多人的真挚情感，我祈愿本书能成为拯救更多悲伤之人的圣经。带着这份期盼，我放下了手中的钢笔。

泷森古都